中国古代文史经典读本

刘禹锡白居易诗 选评

肖瑞峰 彭万隆 撰

上海古籍出版社

图书在版编目(CIP)数据

刘禹锡白居易诗选评／肖瑞峰,彭万隆撰.—上海：
上海古籍出版社,2018.6 (2021.8重印)
(中国古代文史经典读本)
ISBN 978-7-5325-8831-2

Ⅰ.①刘… Ⅱ.①肖…②彭… Ⅲ.①刘禹锡(772-
843)—唐诗—诗歌研究②白居易(772-846)—唐诗—诗
歌研究 Ⅳ.①I207.22

中国版本图书馆 CIP 数据核字(2018)第 095325 号

中国古代文史经典读本

刘禹锡白居易诗选评

肖瑞峰　彭万隆　撰

上海古籍出版社出版发行

(上海瑞金二路 272 号　邮政编码 200020)

(1) 网址：www.guji.com.cn

(2) E-mail：guji1@guji.com.cn

(3) 易文网网址：www.ewen.co

常熟市人民印刷有限公司印刷

开本 787×1092　1/32　印张 8.625　插页 2　字数 115,000
2018 年 6 月第 1 版 2021 年 8 月第 6 次印刷
印数：10,821—12,320
ISBN 978-7-5325-8831-2
I·3273　定价：26.00 元
如有质量问题,请与承印公司联系

出　版　说　明

　　上海古籍出版社成立六十多年来形成了出版普及读物的优良传统。二十世纪,本社及其前身中华书局上海编辑所策划、历时三十余年陆续出版的《中国古典文学作品选读》与《中国古典文学基本知识》两套丛书各八十种,在当时曾影响深远。不少品种印数达数十万甚至逾百万。不仅今天五六十岁的古典文学研究者回忆起他们的初学历程,会深情地称之为"温馨的乳汁";而且更多的其他行业的人们在涵养气度上,也得其熏陶。然而,人文科学的知识在发展更新,而一个时代又有一个时代的符号系统与表达、接受习惯,因此二十一世纪初,我社又为读者奉献了一套"新世纪文史哲经典读本",是为先前两套丛书在新世纪的继承与更新。

"新世纪文史哲经典读本"凝结了普及读物出版多方面的经验：名家撰作、深入浅出、知识性与可读性并重固然是其基本特点；而文化传统与现代特色的结合，更是她新的关注点。吸纳学界半个世纪以来新的研究成果，从中获得适应新时代读者欣赏习惯的浅切化与社会化的表达；反俗为雅，于易读易懂之中透现出一种高雅的情韵，是其标格所在。

"新世纪文史哲经典读本"在结构形式上又集前述两套丛书之长，或将作者与作品（或原著介绍与选篇解析）乳水交融地结合为一体，或按现在的知识框架与阅读习惯进行章节分类，也有的循原书结构撷取相应内容并作诠解，从而使全局与局部相映相辉，高屋建瓴与积沙成塔相互统一。

"新世纪文史哲经典读本"更是前述两套丛书的拓展与简约。其范围涵盖文学经典、历史经典与哲学经典，希望用最省净的篇幅，抉示中华文化的本质精神。

该套丛书问世以来，已在读者中享有良好的口碑。为了延伸其影响，本社于 2011 年特在其中选取十五种，

请相关作者作了修订或增补,重新排版装帧,名之为
"中国古代文史经典读本",以飨读者。出版之后,广受
读者的好评,并于2015年被评为"首届向全国推荐中华
优秀传统文化普及图书"。受此鼓舞,本社续从其中选
取若干种予以改版推出,并得到国家有关部门的支持,
多种获得2016年普及类古籍整理图书专项资助。希望
改版后的这套书能继续为广大读者喜欢,为弘扬中华优
秀传统文化作出贡献。

上海古籍出版社

2017 年 6 月

目　　录

234 /　　　　四、闲居泰适　觞咏弦歌（820—846）

刘禹锡

导　言

　　唐诗发展的浪潮由盛唐泻入中唐后，出现了九曲回环、九派分流的局面。大历年间的相对低潮过去之后，贞元、元和之际再度掀起了涛飞浪卷的洪峰。作为这一时代骄子，白居易、元稹、韩愈、孟郊、李贺、刘禹锡、柳宗元等诗人皆具有强烈的创新意识和开拓精神。他们纷纷将探求的触角和耕耘的犁头伸向新的领域，力图出以戛戛独造的艺术面目，从而使中唐诗坛继盛唐之后，再度出现百花齐放、姹紫嫣红的奇观。

　　在中唐诗坛上，韩愈、白居易是开宗立派、领袖群伦的诗人，刘禹锡与他们均有深厚的交谊，且时相唱酬。难能可贵的是，在这个过程中，刘禹锡能始终保持自己独立的艺术品格，没有在韩、白两种诗风的潜移默化的影响下丧失本真。凭借其深厚的艺术修养和勤奋的艺术实践，最终于韩孟、元白两大诗派之外独标一格，自张新帜，从而赢得了"诗豪"与"国手"的美誉。从刘禹锡现存的诗作中，我们不仅可以洞见一位辅时济世、澄清天下却又命途多舛、历尽坎坷的时代精英的独特的生活理想和精神风貌，而且可以觅得一位富于艺术探索的热情与才略、力图独出机杼、别开生面的诗坛名家的审美趣尚和创作趋向。

"我本山东人，平生多感慨"，刘禹锡是唐代杰出的朴素辩证唯物论者，所谓"芳林新叶催陈叶，流水前波让后波"、"沉舟侧畔千帆过，病树前头万木春"等等，便都是他经过哲理思索后得出的充满辩证观点的精粹认识。唯其如此，他的诗歌更多地表现为"人生不失意，焉能暴己知"的豪迈和"不因感衰节，安能激壮心"的亢奋，以及"自古逢秋悲寂寥，我言秋日胜春朝"的昂扬。豪迈的情调、壮阔的境界、雄奇的想象和刚健的语言，共同构成了刘禹锡诗豪健雄奇的艺术风格。

对题材领域的拓展和发掘、对传统主题的深化与反拨、对诗歌体式的变革与完善,这三个方面体现了刘禹锡的诗歌成就及主要贡献。他所致力描绘的农业劳动场景,盛唐山水田园诗派几乎未曾涉笔;他对巴蜀风情与风俗的描绘与展示,也是其他唐代诗人笔下罕及的;他不仅在咏史与咏怀的结合上效法左思,而且继杜甫之后,将咏史诗导向"怀古"、"述古"、"览古"、"咏怀古迹"的方向,从历史胜迹和地方风物起笔来评论史事、抒发感慨,因而其取材更为广泛。同时,他还常常借古人之针砭,刺现实之痼疾;征前代之兴亡,示不远之殷鉴。这样,他对题材的发掘,也就较前人及时人更深一层。他不仅扩大了"咏物"的范围,而且强化了咏物诗的叙事功能,创造出咏物寓言诗的新形式。

在中国文学史上,有许多为历代作家递相沿袭的传统主题,如悲秋主题、伤春主题、叹老主题、嗟卑主题、别离主题、相思主题等等。刘禹锡在表现传统主题时,虽然依循其既有的思维定势及情感指向,作顺向的引申与推阐,却力图深化其情感内涵,强化其思想力度,从而使之达到新的更高的层次。更能见出诗人艺术独创性的还有他对传统主题所作的种种既出人意表又令人振奋的反拨，故意违逆传统主题既定的情感指向与思想趋归，力图从相反的方向对其偏颇之处有所匡补或拨正，显示出作者前无古人的胸襟气魄和迥异于流俗的卓越识见。它突出地表现为：一反"悲秋"主题，不畏"衰节"，唱出意气豪迈的秋歌；一反"嗟卑"主题，不惧"播迁"，唱出正气凛然的壮歌；一反"叹老"主题，不服"老迈"，唱出朝气蓬勃的暮歌。

管世铭《读雪山房唐诗钞》称刘禹锡"无体不备，蔚为大家"。无论是五七言古诗、五七言绝句、还是五七言律诗，他都能得心应手地驾驭、娴熟自如地运用，表现出较时辈更为全面与深厚的功力。刘禹锡在七言绝句上的造诣，被王夫之《薑斋诗话》赞为"小诗之圣证"，李重华《贞一斋诗说》则云"李白、王昌龄后，当以刘梦得为最"。如此等等，受到后人的普遍推崇。尤其值得称道的是，刘禹锡还将民歌的声情融入七绝之中，成功地创制出"含思宛转"的民歌体乐府诗，对诗歌体式进行了"变革"的尝试。由此，我们完全可以看出，刘禹锡确实无愧为与韩孟、元白相颉颃的中唐名家。

刘禹锡以其诗歌创作的卓著成就和杰出的贡献，既赢得了同处贞元、元和时期的韩愈、白居易、柳宗元等人的推许，也受到了稍后于他的杜牧、温庭筠、李商隐等晚唐诗人的钦仰。宋代诗人对刘禹锡其人其诗同样不胜爱慕，并乐于取法。他在诗中树立了一个正道直行、守志有恒、自强不息的人格典范，给后代的文人以莫大的激励与鞭策。他创作的《竹枝词》不仅流播遐迩，而且历代都有仿作、拟作者，可谓衣被百代。其《董氏武陵集纪》倡导的"境生于象外"，是后来"韵外之致"、"象外之象"等命题的滥觞。《刘宾客嘉话录》中"为诗用僻字，须有来处"的告诫，也曾被主张"无一字无来处"的黄庭坚援以为据，并发挥到了极端。刘禹锡诗歌不仅垂范于后人，而且曾流惠东邻，成为日本平安朝缙绅诗人摹拟的蓝本之一。

刘禹锡文备众体，《四库全书总目提要》论其文章成就，以为"其古文恣肆博辩，于昌黎、柳州之外，自为轨辙"。正如他在《祭韩吏部文》中所说："子长在笔，予长在论。"最有文学价值的当推论文和杂文,如哲学政论《天论》三篇提出了"天与人交相胜、还相用"的著名观点,《华佗论》、《辨迹论》等既具史识复饶史才。此外,其祭韩愈、柳宗元二文,以感情真挚深沉著称;《问大均赋》、《秋声赋》等或承屈骚余绪,或与诗中颂秋"壮歌"声气相通;千古传诵的《陋室铭》则可能是柳宗元所称赏的"隽而膏,味无穷而炙愈出"(《犹子蔚适越戒》一文引)的范例。

　　长短句的词是唐五代兴起的一种配合音乐歌唱的新诗体。它在隋唐之际即已产生于民间。不过,文人填词之风却始于唐中叶。中唐时期,较早填词的诗人有张志和、韦应物、刘长卿、白居易等,而刘禹锡亦预其列。其《忆江南》题下自注云:"和乐天春词,依《忆江南》曲拍为句。"这是我国文学史上有关依曲填词的最早记录,标志着词已由"选词已配乐"的萌芽形态发展到"由乐以定词"的成熟阶段。他的《竹枝词》、《杨柳枝》等作品,有人归之于诗,有人归之于词,常无确定的界限,表现了词体初备阶段的特点。这些创作对于晚唐五代日益炽烈的填词风气,具有不可忽视的倡导、示范之功。

吴乔《围炉诗话》云:"梦得佳诗,多在朗、连、夔、和。"其中每一阶段都有不同的创作成绩,因此,为了照顾到选篇的均衡,将朗州、连州所作列为一期,夔州、和州各列一期,其后诗作总为一期。在诗歌编年及史实考证上多参考卞孝萱、吴汝煜诸先生成果,而讲评中亦曾融通众说,未能一一注明,敬希谅解。因篇幅所限,刘禹锡的文、赋等不再选入。

一、朗州、连州时期（805—820）

刘禹锡（772—842），字梦得，洛阳（今河南洛阳）人。父刘绪曾在江南为官，禹锡即出生于苏州嘉兴（今浙江嘉兴），并在那里度过了青少年时期。弱冠即有文名，贞元九年（793）与柳宗元同榜进士及第，同年登博学宏词科。两年后再登吏部取士科，授太子校书。贞元十六年（800），杜佑以淮南节度使兼徐泗濠节度使，辟刘禹锡为掌书记。后随杜佑至扬州幕任掌书记。贞元十八年调任京兆府渭南县（今陕西省渭南县）主簿，次年迁监察御史。

贞元二十一年（805）正月，顺宗即位，重用王叔文实行政治革新。王叔文、王伾、刘禹锡、柳宗元形成了革新集团的核心人物,时号"二王、刘、柳"(《旧唐书·刘禹锡传》)。刘禹锡任屯田员外郎,判度支盐铁案。他为实现辅时济世之志而废寝忘食,操劳不辍。这次政治革新的目的是:"革德宗末年之乱政,以快人心,清国纪。"(王夫之《读通鉴论》)实行的主要措施有打击宦官、抑制藩镇、惩处贪官、进用贤能、减免赋税、削减盐价、限制五坊、禁止宫市、放还宫女等等。"叔文行政,上利于国,下利于民,独不利于弄权之阉宦,跋扈之强藩。"(王鸣盛《十七史商榷》)在宦官、藩镇的联合反扑下,永贞元年(805)八月,以顺宗的"内禅",让位于太子李纯(即唐宪宗)为标志,仅持续了一百多天的革新运动便宣告彻底失败。随即,宪宗大兴问罪之师,将刘禹锡、柳宗元、韩泰、陈谏、凌准、韩晔、程异、韦执谊等革新集团的成员纷纷放逐出京。刘禹锡始贬连州(治所在今广东连县)刺史;赴任途中,再贬为朗州(今湖南常德)司马。既贬,"制有逢恩不原之令"(《旧唐书》本传),因而,他在朗州忍受着孤独和寂寞,艰难地生活了十年。

元和十年(815),刘禹锡终得与柳宗元等人一起承召回京。这时,他写下了著名的《元和十年自朗州承召至京戏赠看花诸君子》诗,以"桃花"借喻朝廷中窃踞高位的新贵,"语含讥刺,执政不悦"(《旧唐书》本传),不数日,众人又被贬谪远方。刘禹锡原被贬为播州(今贵州遵义地区)刺史,播州是当时有名的"恶处"(《因话录》卷一),十分荒凉。柳宗元被贬为柳州(今广西柳州)刺史,他考虑到刘禹锡的母亲年迈,不便前往,向朝廷要求以柳易播,显示了崇高的友谊。因裴度力请,宪宗才改授刘禹锡为连州刺史。在赴任途中,刘、柳结伴同行。到达衡阳以后,两人才依依惜别。元和十四年(819),刘禹锡母亲去世,同年,挚友柳宗元亦卒于柳州。此后,他以丁母忧而居洛阳,直到穆宗即位,才得除夔州刺史。

刘禹锡在《刘氏集略说》中自道当时的创作情形说:"及谪于沅、湘间,为江山风物之所荡,往往指事成歌诗,或读书有所感,辄立评议。穷愁著书,古儒者之大同,非高冠长剑之比耳。"久居遐荒之地,他便追踪前贤,潜心于诗文创作,用笔来宣泄内心的痛苦和怨愤。在贬居朗州期间,诗人用力最勤的是揭露政敌的讽刺寓言诗,而以《聚蚊谣》、《百舌吟》为代表。这些讽刺诗以嬉笑怒骂的方式,对迫害革新志士的保守势力予以冷嘲热讽。寓犀利于婉曲之中,或托物以讽,或借事而刺,作品每每抓住事物最富象征意义和讽刺意味的一点生发开去,加以集中刻画,因形传神。又能化冷峻为幽默,以诙谐的语言表达严肃的思想主题,并通过夸张、对比等多种手法,将讽刺对象的可笑可鄙可憎之处攫入笔端,使被讽刺者感到胆颤心惊,让正义的读者产生共鸣。

贬居连州时期,最具特色的是歌颂平藩胜利的政治诗,而以《平蔡州三首》和《平齐行二首》为代表。刘禹锡歌颂平藩胜利的政治诗是匠心独运、颇见功力的。诗人将淮西及淄青大捷放在广阔的时代背景上加以表现,巧妙运用以虚衬实、以小见大、化浓为淡的艺术辩证法,以夸张之笔渲染平藩将士的声威,以空灵之笔描摹叛区人民的欢欣,以精警之笔揭示平藩之捷的意义;既讴歌现实的胜利,又展示理想的画图,从而达到了现实主义史笔与浪漫主义诗笔的高度统一。

　　"人生不失意,焉能暴己知","不因感衰节,安能激壮心"(《学阮公体三首》),"世道剧颓波,我心如砥柱"(《咏史二首》),刘禹锡不仅对政敌报以凛如秋霜般的蔑视,而且对自己的政治节操进行了坚如砥石般的捍卫,这种"冷峻"的特色在这一时期表现得特别鲜明。

聚 蚊 谣

　　沉沉夏夜闲堂开①,飞蚊伺暗声如雷②。嘈然歘起初骇听③,殷殷若自南山来④。喧腾鼓舞喜昏黑,昧者不分聪者惑⑤。露花滴沥月上天,利嘴迎人看不得⑥。我躯七尺尔如芒⑦,我孤尔众能我伤。天生有时不可遏,为尔设幄潜匡床⑧。清商一来秋日晓⑨,羞尔微形饲丹鸟⑩。

----

① 闲堂:宽敞的堂屋。

② 伺暗：趁着黑处。

③ 嘈然：形容蚊子成群的嗡嗡叫声。歘：忽。

④ 殷殷：形容雷鸣般的响声。南山：终南山（在今陕西西安市南）。《诗经·召南·殷其雷》："殷其雷，在南山之阳。"

⑤ 昧者：糊涂人。聪者：聪明人。

⑥ 露花两句：意谓当月上中天下露水的时候，利嘴蚊子向人飞来是不容易看到的。

⑦ 尔：指蚊子。芒：小刺。

⑧ 设幄：装上帐子。潜：躲避。匡床：方床。

⑨ 清商：指秋风。潘岳《悼亡诗》之二："清商应秋至。"

⑩ 羞：耻，可耻的。丹鸟：萤火虫。据《大戴礼记·夏小正》及《古今注·鱼虫》，萤火虫能吃蚊子。

这首诗作于任朗州司马期间。诗中伺暗出动、"利嘴迎人"的"飞蚊"，显然是那些迫害革新志士的权宦、藩镇的象征。诗人借描写"飞蚊"，对他们作了淋漓尽致的嘲讽：先故作惊人之笔，从听觉（"声如雷"）、视觉（"伺暗"）、感觉（"骇"）三方面刻画飞蚊的嚣张气焰，使读者隐约可见权宦藩镇们的耀武扬威之态。接着便描写飞蚊是如何喧腾于"昏黑"之际,暗喻权宦、藩镇曾暗相勾结,策划各种阴谋诡计,散布各种流言蜚语,以混淆人们的视听。"露花滴沥"两句寓意殊深,诗人绘就的这幅月悬中天、露花滴沥的图画,正是他所殷殷向往和孜孜以求的清平的政治局面的生动写照。然而,因为飞蚊的骚扰,它既不"可即",亦不"可望",这里,隐隐流露出诗人对飞蚊般飞扬跋扈的权宦、藩镇的愤恨。最后,诗人又以抑扬跌宕之笔,展示了终将战胜飞蚊的坚定信念:尽管眼前它们以"如芒"之喙来"虐人害物",大逞凶狂,然而,一旦秋日来临,它们便将化为"丹鸟"的口腹之物,而曾遭叮咬的"我躯七尺"依然如故,最多只不过留下几点斑痕而已。这是暗示朝中的那些丑类虽然阴谋得逞于一时,但最终却逃脱不了灭亡的命运,真正"笑到最后"的还将是眼前的被流放、被迫害者。诗人巧妙寄讽于"飞蚊",深刻地揭露了权宦、藩镇们可笑复可鄙的本性,对他们投以极度的蔑视。诗的措意不可不谓犀利,但诗人出之以寓言诗的形式,看来纯系咏蚊,无干人事,又显得含蓄婉曲。被刺痛的权宦、藩镇明知诗人嘲讽的对象是自己，也无法堂而皇之地前来问罪。

刘禹锡的讽刺诗虽然用笔简洁，却能显现丑恶事物的可笑之处。如此诗中的"飞蚊"，明明渺小"如芒"，却偏要装出一副强大的模样，趁昏黑之际，"喧腾鼓舞"、"利嘴迎人"，自以为无敌于天下。然而，曾几何时，最终仍不免被丹鸟捕食殆尽。诗人将聚光的焦点对准"飞蚊"这一可笑之处，彻底暴露了它们不自量力的丑态。"清商一来秋日晓，羞尔微形饲丹鸟"，读到这里，谁能不和诗人一起发出幽默的笑声呢？飞蚊本来只能发出微弱的嗡嗡声，但在诗人笔下，它的声音却是殷殷如雷，"嘈然歘起"，人皆"骇听"，其夸张的程度不亚于李白的"燕山雪花大如席"。然而，却没有谁觉得这不合情理，因为只有这样，才能突出飞蚊所象征的权宦、藩镇的色厉内荏、虚张声势，使他们的"劣点"因被夸大而显得更加可笑。这飞蚊开始是"伺暗声如雷"，最后却"微形饲丹鸟"，通过前后两种不同状态的鲜明对比，读者自然会对它们起先的不可一世投以轻蔑的嘲笑，而对它们后来的可悲下场报以快慰的掌声。《聚蚊谣》一诗典型地体现了刘禹锡在朗州时所作讽刺诗的特征。

秋　风　引①

何处秋风至，萧萧送雁群。朝来入庭树，孤客最先闻。

① 秋风引：属乐府琴曲歌辞。"引"是引唱或序奏之意，后为乐府体裁之一。

这首诗作于贬官朗州期间。诗写因秋风起、雁南飞而触动孤客之心，无限情怀溢于言表，虽感慨而无衰飒之意，别有一种感人意味。

刘禹锡在朗州时作《董氏武陵集纪》，提出诗歌语言应该"片言可以明百意"、"境生于象外"。要求以少总多，即小见大；能引起读者的丰富联想，既体味到形象本身的美感，又能触摸到诗人潜伏于其中的感情脉络，借助于自己的想象和再创造，进入另一隐秘的境界。他把精炼、含蓄看作诗歌的重要审美标准之一，这首《秋风引》就典型地体现了这种特点。全诗的结穴在"孤客最先闻"一句，而神光所聚又在"最先"二字。钟惺《唐诗归》指出："不曰'不堪闻'而曰'最先闻'，语意便深厚。"沈德潜《唐诗别裁集》亦云："若说'不堪闻'，便浅。"大雁南飞、木叶摇落，如说"不堪闻"，则纯粹是感时序而悲秋，言止意尽，转无余味。刘禹锡曾描述自己处于困境中的心情是"暮夜之后，并来愁肠"、"悲愁惴栗，常集方寸"（《上杜司徒书》），在无辜被贬的怨愤中，又糅合着理想受挫、事业夭折、同志被黜的忧伤，可以说诗人心境是自然物候未摇落时已先秋，"妙在'最先'二字为孤客写神"（李瑛《诗法简易录》），叹时序之意又仅为诗人无限婉曲情怀之一绪而已。

在秋风萧瑟、秋气肃杀之际，刘禹锡更多地是像《学阮公体三首》其二那样抒写自己的情怀：

> 朔风悲老骥，秋霜动鸷禽。出门有远道，平野多层阴。灭没驰绝塞，振迅拂华林。不因感衰节，安能激壮心。

诗人借"老骥"和"鸷禽"的形象自况，尽管朔风凛冽、阴云密布、道路遥艰，"老骥"和"鸷禽"却一无所畏。它们或踏上"远道"，扬蹄疾驰；或冲破"层阴"，展翅迅飞。这种昂扬奋发的精神正与诗人不屈的情怀相仿佛。"不因感衰节，安能激壮心"，这一"显志"之笔，既深蕴骨力，又饱含哲理：草木衰败的季节诚然会给人某种压抑之感，然而，若非"衰节"见迫，又怎能激发人们加倍奋励呢？这真是惊世骇俗、振聋发聩之言！

秋词二首（选一）

自古逢秋悲寂寥①，我言秋日胜春朝②。
晴空一鹤排云上，便引诗情到碧霄③。

① 寂寥：寂寞，凄凉。宋玉《九辩》有"悲哉，秋之为气也"、"寂寥兮，收潦而水清"等句。
② 春朝：春天。
③ 碧霄：蓝天。

　　这首诗作于诗人贬居朗州期间。悲秋，是历代诗人递相沿袭的传统主题，从宋玉的"悲哉，秋之为气也"，到汉代无名氏的"秋风萧萧愁杀人"（《古歌》），再到杜甫的"万里悲秋常作客"（《登高》），陈陈相因，概莫能外。刘禹锡却在春与秋的对比中，独具只眼地发现了秋日的佳处，从而唱出这首意气豪迈的秋歌。

　　"自古"句点出逢秋而悲，古今皆然，有思接千载、视通万里之慨。"我言"句以响遏行云的一声断喝，推翻悲秋主题，一新天下人耳目。"晴空"二句，勾勒出一幅壮丽的秋景图：在那一碧如洗的寥廓高天上，一只白鹤腾空而起，直冲九霄。目击此情此景，怎能不使人惊喜和感奋？融诗情于画意，是"秋日胜春朝"的形象化的说明，景致飞动，笔触轻灵，极易引发读者联想。全诗有直抒胸臆之妙，而无"含蓄不足"（《四库全书总目》评语）之嫌。自然，诗人抑春扬秋，并不表明他对"春朝"怀有某种偏见，而恰恰是为纠正前人对"秋日"的偏见，从中可以触摸到诗人豪迈、壮阔的胸襟。

　　为了祛除人们的"悲秋"、"畏秋"的心理，诗人有意

在"春"和"秋"之间有所轩轾,再看第二首:

> 山明水净夜来霜,数树深红出浅黄。试上高楼
> 清入骨,岂如春色嗾人狂。

这里仍将抒情、写景、议论熔于一炉。那漫山红黄相间的枫叶是对第一首绘就的秋景图的巧妙点缀和生动补充。如果说前诗主要着笔于高空的话,此诗则主要落墨于地上。秋日登楼,让那清气徐徐沁入肌骨,可以使人清醒、理智,而那烂漫的春光则只能使人昏醉、轻狂。这样,又何必"逢秋"而"悲"呢?"岂如春色嗾人狂",这铿锵有力的吟唱,向我们袒露了诗人旷达、乐观的生活态度和不畏"衰节"的情怀。

元和十年自朗州承召至京戏赠看花诸君子①

紫陌红尘拂面来②,无人不道看花回。玄都观里桃千树③,尽是刘郎去后栽④。

① 看花诸君子：指一起承召回京的柳宗元、韩泰、韩晔等志同
　　道合者。

② 紫陌：京都长安繁华的街道。红尘：街道上人行马驰扬起
　　的飞尘。

③ 玄都观：道教庙宇叫做观，玄都观在长安城南崇业坊（今西
　　安市南门外）。当时观中盛种桃树。

④ 刘郎：作者自指。

　　此诗作于元和十年刘、柳等革新志士"去国十年同
赴召"时。诗题中着一"戏"字，鲜明地表达了作者对保
守势力的蔑视与憎恶之情。

　　"紫陌红尘"句，明写长安街上车马川流不息、行人
络绎不绝，以致尘土飞扬、喧闹异常，暗喻朝中窃踞高位
的保守派新贵气焰熏天、甚嚣尘上，以致朝野内外政治
昏暗、空气污浊。"无人不道"句，用夸张手法从侧面渲
染桃花盛开一时，既借以影射新贵们平步青云、占尽春
光，亦勾画出凡夫俗子趋炎附势、争名逐利之丑态，有传
神写照之妙。落笔于"看花"，却不写"去"、只写"回"，

不写被看之花如何动人、只写看花之人如何为花所动，乃诗人措辞巧妙，匠心独运。"玄都观"句，以"桃花"譬新贵，不惟见轻蔑之意，且亦暗示他们终将凋零殆尽，而难永葆风华。"尽是刘郎"句，旨在揭露满朝新贵靠当年落井下石、投机取巧，才有今日之飞黄腾达。全诗于戏谑之中寓讥刺之意，语虽俏皮，意实冷峻。因为这首诗"语含讥刺，执政不悦"，不数日，刘禹锡又被贬为连州刺史。时隔十四年，诗人再度回京，旧地重游，又写下《再游玄都观绝句》，发出正义者胜利的笑声（详后）。

"感时江海思，报国松筠心"，朝中新贵确是"须臾而尽"的桃花，而"刘郎"心目中崇高品格的象征则为青松和翠竹。其《庭竹》诗云：

> 露涤铅粉节，风摇青玉枝。依依似君子，无地不相宜。

无论是流落楚水，还是迁徙巴山，诗人都能不为艰难困苦的环境所屈，初衷长在，气节永存，因而诗中那露涤风摇而不改青翠之色，地贫土瘠而仍有凌云之心的庭竹，岂不正是诗人的自我写照？全诗借对庭竹的刻画，含蓄精炼地展示了诗人所处的环境以及对待环境的态度，突出了笔墨难以勾勒的诗人品格；同时，这也是一篇宣言书，它向政敌们宣告：任何"恶处"，都无法使诗人摧眉折腰。

再授连州至衡阳酬柳柳州赠别①

去国十年同赴召，渡湘千里又分歧。重临事异黄丞相②，三黜名惭柳士师③。归目并随回雁尽④，愁肠正遇断猿时。桂江东过连山下⑤，相望长吟有所思⑥。

① 柳州：今属广西。时柳宗元贬柳州。

② 重临句：西汉宣帝时丞相黄霸为相前，曾两度任颍川太守，这与作者"再授连州"相若。但一为皇帝爱臣，一为朝廷贬官；一守中原大郡，一牧僻方小州，故云"事异"。

③ 三黜句：《论语·微子》："柳下惠为士师，三黜。曰：'直道

而事人,焉往而不三黜?'"士师,狱官。柳士师指柳下惠。
这里借指柳宗元。

④ 回雁:据《舆地纪胜》载,回雁峰在州城南,或曰雁不过衡
　阳,或曰峰势如雁之回。

⑤ 桂江:即漓江。连山:在连州境内。

⑥ 有所思:古乐府诗题,南朝诗人多用来写离思。

　　这首诗作于元和十年夏初,刘、柳等人再度被贬
出京时。刘、柳既同年及第,又俱怀辅时济世之志,而
长期荣辱与共,交谊甚笃。"永贞革新"失败后,刘、柳
皆被贬为远州司马,十年后,始得承召回京,但随即又
因"执政不悦"而再度授为远州刺史。行抵衡阳,二人
挥泪作别之际,频频以诗唱酬。此诗乃答柳宗元《衡
阳与梦得分路赠别》而作,诗中渗透着沉挚深婉的惜
别之情。

　　"去国十年",点明贬期之长;"渡湘千里",暗示贬
地之远。对举而起,意在从时间与空间两方面抒写无辜
见逐之怨愤。"同赴召",喜溢言外;"又分歧",悲蕴语

中。其喜有限，而其悲无尽。跌宕之际，精神顿见。"事异黄丞相"，借典明志，托出与前贤褒贬异趣、荣辱殊途之感；"名惭柳士师"，托古喻今，表达对友人品格敬慕之意。"归目"二句，用"回雁"、"断猿"烘托离情别绪，情景交融，虚实相生。"桂江"二句，借设想别后情景，寄托知己怀抱及不甘泯灭之"初心"。桂江本不流经连山，将它们相绾合，或许为了缩小别离双方之心理空间。《有所思》，用古乐府诗题语含双关，既表示互相怀念，也含有思长安、盼回归、期重整之意。以此结篇，情韵悠长而又绵邈。

刘、柳元和十年这次分手以后，彼此只能借助吟诗的方式来表达思念之情，从此就再也没有会面，实际上是永诀。元和十四年，柳宗元病逝于柳州，刘禹锡悲痛已极，多次作诗悼念。如《重至衡阳伤柳仪曹》：

> 忆昨与故人，湘江岸头别。我马映林嘶，君帆转山灭。马嘶循故道，帆灭如流电。千里江蓠春，故人今不见。

当年,禹锡九旬老母仙逝,柳宗元曾派人前来吊唁慰问。梦得因奉母丧去连州北还,十一月,途经衡阳,不意惊闻子厚之卒,"忽承讣书,惊号大叫,如得狂病。良久问故,百哀攻中。涕洟迸落,魂魄震越"(《祭柳员外文》)。此诗前有小引曰:"元和乙未岁,与故人柳子厚临湘水为别。柳浮舟适柳州,余登陆赴连州。后五年,余从故道出桂岭,至前别处,而君没于南中,因赋诗以投吊。"诗与引都追忆了元和十年二人召而复贬,于衡阳分手时的情景,此时,梦得既丧慈母,又失良朋,可谓悲痛欲绝。诗中重复、比照"故人"、"江"、"我"、"君"、"马"及"帆"字,意旨音节皆极短促,愈转愈悲,一字一泪,盖在重忧之中,不能为诗而又不能无诗。

长庆二年,刘禹锡在夔州刺史任,闻僧人说子厚永州往事,悲不自胜,又作《伤愚溪三首》,其三云:

柳门竹巷依依在,野草青苔日日多。纵有邻人解吹笛,山阳旧侣更谁过?

诗前有小引曰:"故人柳子厚之谪永州,得胜地,结茅树蔬,为沼沚,为台榭,目曰愚溪。柳子没三年,有僧游零陵,告余曰:'愚溪无复曩时矣!'一闻僧言,悲不能自胜,遂以所闻为七言以寄恨。"愚溪是永州(在今湖南省零陵县)西南的一条溪水,原名冉溪,又称染溪,柳宗元贬为永州司马后,在溪旁筑草堂为家,仿愚公谷之名,改溪名为愚溪。三首诗都着眼于一个"伤"字,哀伤住过愚溪的挚友旧侣。这首诗借西晋正始间向秀与嵇康的交情来抒发心中的怅恨。据《晋书·向秀传》载,嵇康被司马氏杀害,其好友向秀为了悼念嵇康,"经山阳之旧居","邻人有吹笛者,发声寥亮",向秀"追想曩昔游宴之好,感音而叹",写了一篇《思旧赋》,以表示对嵇康的深切怀念和沉痛哀悼。梦得此诗借用这个典故,指出即使邻人善于吹笛,又有谁能够经过愚溪草堂,像向秀那样感笛声而写出新的《思旧赋》呢?他作《重祭柳员外文》说子厚"出人之才,竟无施为","千哀万恨,寄以一声。唯识真者,乃相知尔"。这里对旧侣的忆念是和对革新事业的缅怀融为一体的。

答杨八敬之绝句[①]

饱霜孤竹声偏切,带火焦桐韵本悲[②]。今日知音一留听,是君心事不平时。

① 杨八敬之:杨敬之,字茂孝。排行八,又称杨八。元和二年登进士第。《尚书故实》:"杨敬之爱才公正,知江表士有项斯,赠诗云:'平生不解藏人善,到处逢人说项斯。'斯因此名达长安,遂登科第。"

② 带火焦桐:指东汉人蔡邕所制"焦尾琴",传说因所用桐木尚有烧焦痕迹而得名。事见晋干宝《搜神记》卷十三,后因用作咏琴的典故。

此诗题下作者原注"杨生时亦谪居",元和十年七月,杨敬之被贬为吉州司户参军。其时,杨敬之曾寄诗给被贬为连州刺史的刘禹锡,故刘禹锡写下了这首答诗。

由于同怀天涯沦落之恨,相似的政治遭遇使两人结为知音,诗人看出了对方的不平心事,亦从对方反衬出了自己的不平心境。刘禹锡于大和七年作《彭阳唱和集引》,说自己"中途见险,流落不试。而胸中之气伊郁蜿蜒,泄为章句,以遣愁沮,凄然如焦桐孤竹,以名闻于世间"。因此,"饱霜孤竹声偏切,带火焦桐韵本悲",与其说是描述杨敬之的诗作,毋宁说是对自己被贬时期诗歌创作的基本倾向和基本特征的准确而又形象的揭橥。

这一时期,诗人为时所弃,空怀凌云之志;独处僻壤,难与同道过从,诚如"饱霜孤竹"。但"竹"虽孤而有节,斫以为笛,吹奏出的是"声偏切"的繁音促响,而对正义事业的讴歌、对邪恶势力的讨伐,则是它撼人心魄的主旋律。我们从中可以感触到诗人知其不可为而为之的果敢精神和顽强意志。然而,这一时期的诗作亦有发自"带火焦桐"的"悲韵",诗人拨动内心的琴弦,不时让我们听到"韵本悲"的凄音。但是,诗人的"悲",绝不是软弱、消沉的同义语。这种"悲"是和"切"紧紧结合在一起的"悲",是与执着的追求和积极进取相伴始终的"悲"。因而虽然凄婉,不失沉雄;尽管苍凉,犹见亢奋。在感情基调"声偏切"与"韵本悲"的对立统一中，诗人的艺术风格是豪健雄奇与沉郁哀顿的结合，体现出朗、连、夔、和时期创作的最高成就。

平蔡州三首（选一）①

汝南晨鸡喔喔鸣②，城头鼓角音和平。路旁老人忆旧事，相与感激皆涕零。老人收泣前致辞：官军入城人不知③。忽惊元和十二载，重见天宝承平时。

① 蔡州：唐代淮西方镇，治所在今河南汝南。其地长期为李希烈、吴少诚、吴少阳、吴元济割据。元和十二年，在宰相裴度的主持下，唐军随节度使李愬攻下蔡州，活捉吴元济，讨平淮西。

② 汝南句：此出古乐府："东方欲明星烂漫，汝南晨鸡登坛唤。"蔡州天宝时为汝南郡，正切其地。

③ 官军句：元和十二年十月，李愬乘吴元济诸贼将不备，派精

锐雪夜突袭蔡州,生擒吴元济,淮西遂平。

刘禹锡早年参与"永贞革新",目的之一就是要削平叛镇。元和十二年,当蔡州平定的喜讯传来时,远在连州贬所的诗人便写下了《平蔡州》诗三首来歌颂这场战斗,抒发他渴望统一的心情。这里选的是第二首。

"汝南"二句寓奇崛于平易:雄鸡啼鸣,象征着蔡州人民终于重见天日;鼓角清和,则暗示出蔡州城内的安宁。这是"兴而比也"。一场战事过后,不仅没有给蔡州带来任何破坏,反倒使它呈现出一派升平景象,这不能不归功于李愬的指挥得当,所以这两句也是"尽李愬之美"(《苕溪渔隐丛话》引《隐居诗话》)。"路旁老人忆旧事"以下则是一个典型的特写镜头,在欢庆胜利之际,路旁老人痛定思痛,竟情不自禁地泣而涕下。可见藩镇作乱给人民带来的灾难有多深重,人民要求平定叛乱的愿望有多强烈!吴元济父子割据蔡州期间,除巧取豪夺、敲骨吸髓外,还用各种苛酷法令来戕害人民。《资治通鉴·唐纪五十六》云:"吴氏父子阻兵,禁人偶语于途。夜不燃烛,有以酒食相过从者罪死。"因而,蔡州人民长期生活在水深火热之中。如今,随着叛乱的平定、苛法的废除,苦难的岁月终已过去,饱经沧桑的"路旁老人"怎能不抚今思昔,泪如飞雨?又怎能不深深地感激使他们获得解放的唐军?诗人通过这一细节,生动地启示人们:削平藩镇,不仅有利于国家统一,而且能使人民得以安居乐业,符合广大下层人民的根本利益。这正是诗人主张平藩的原因,也正是平藩之捷的意义。诗中以"元和十二载"对"天宝承平时",既表明对国家的中兴充满希望,又要用史笔将这一重大事件著之竹帛,流传千古。清人翁方纲《石洲诗话》认为,"叙淮西事,当以梦得此诗为第一",并称赞它"以竹枝歌谣之调,而造老杜诗史之地位",这当不是溢美之辞。

淮西平后,韩愈曾写下《平淮西碑》,柳宗元亦写有《平淮夷雅》,刘禹锡认为"韩碑"、"柳雅"、"刘诗"可以并传不朽。王谠《唐语林》录其语曰:

> 韩碑柳雅,予诗云:"城中晨鸡喔喔鸣,城头鼓角音和平。"美李尚书愬之入蔡城也,须臾之间,贼

都不觉。又诗落句云:"始知元和十二载,四海重
见升平时。"所以言十二载者,因以记淮西平之年。

唯恐别人不能领略其中的妙谛,竟至不避自诩之嫌,亲
自出来指点一番,可知这是他的得意之作。再看第一、
三首:

蔡州城中众心死,妖星夜落照壕水。汉家飞将
下天来,马箠一挥门洞开。贼徒崩腾望旗拜,有若
群蛰惊春雷。狂童面缚登槛车,太白天矫垂捷书。
相公从容来镇抚,常侍郊迎负文弩。四人归业闾里
闲,小儿跳踉健儿舞。

九衢车马浑浑流,使臣来献淮西囚。四夷闻风
失匕箸,天子受贺登高楼。妖童擢发不足数,血污
城西一抔土。南峰无火楚泽闲,夜行不锁穆陵关。
策勋礼毕天下泰,猛士按剑看常山。

第一首是写收复的经过,用笔生动、凝炼而又略
事夸饰。前六句写奇袭蔡州,以"贼徒"的惊恐反衬李
愬的勇武。后六句写镇抚蔡州,以"四人(指士、农、

工、商四民）"的怡悦烘托裴度的从容。所谓"两两相形，以整见劲"，或许正指这种笔法。这里写得最有气势的还是"汉家飞将下天来"以下四句：马鞭挥时，高城崩缺；军旗指处，群贼乞降。这就既见出用兵的神速，又见出平藩将士的赫赫声威和正义力量的势不可挡。

第三首中那献囚阙下和妖童伏诛的盛大场面，虽然全出于诗人的想象和虚拟，却有声有色，历历如见。但诗人的主要意图还不是表现这些，而在于由此引出淮西之捷的深远影响。"四夷闻风失匕箸"，仅此一笔，便将藩镇们的惊慌失措之态披露无遗；而由他们的惊慌失措，不难看出淮西之捷的巨大威慑力量。篇末笔锋一转，又生发出新的意蕴。"常山"即恒山。当时，只有驻兵恒山的成德军节度使王承宗负隅顽抗。这里，诗人写平藩将士按剑怒视常山之敌，期待着新的征战命令，实际上是劝谏朝廷：应趁眼前的大好时机，一鼓作气，荡平藩镇。这样，全诗就不仅仅是胜利的颂歌，同时也成为催征的号角。

插 田 歌 并引

连州城下俯接村墟。偶登郡楼，适有所感，遂书其事为俚歌，以俟采诗者。

冈头花草齐，燕子东西飞。田塍望如线①，白水光参差。农妇白纻裙②，农夫绿蓑衣。齐唱田中歌，嘤咛如竹枝③。但闻怨响音，不辨俚语词。时时一大笑，此必相嘲嗤。水平苗漠漠，烟火生墟落。黄犬往复还，赤鸡鸣且啄。路旁谁家郎，乌帽衫袖长。自言上计吏④，年初离帝乡⑤。田夫语计吏："君家侬定谙。一来长安罢，眼大不相参⑥。"计吏笑致辞："长安真大处。省门高轲峨⑦，侬入无度数。昨来补卫士⑧，唯用筒竹布⑨。君看二三年，我作官人去。"

① 田塍：田埂。

② 白纻裙：苎麻织成的白布裙。

③ 嘤咛：鸟鸣声。竹枝：即《竹枝词》，巴渝间（今重庆市一带）民歌，多述山川风俗及男女情爱。

④ 上计吏：简称上计或计吏，每年由地方官派往京城上报州郡年中户口、垦田、钱谷收入等事务的小吏。

⑤ 帝乡：指京都长安。

⑥ 眼大句：谓见过大世面，瞧不起人。

⑦ 省门：宫禁之门。轲峨：高大的样子。

⑧ 补卫士：指姓名补进禁军的缺额。

⑨ 筒竹布：当时一种名贵的细布。《晋书·王戎传》："南郡太守刘肇赂戎筒中细布五十端。"

这首诗作于刘禹锡任连州刺史期间。诗人以花鸟起兴，寥寥几笔，便勾勒出一幅色彩绚丽、春意盎然的画面，并逐渐将它由远景推为中景、近景。活动在画面上的是忙于插田的农家夫妇。为了减轻劳动的疲劳，画面上的主人公时而齐声高唱，时而互相嘲嗤。那动听的旋律和爽朗的歌声，犹如画外音一般缭绕在读者耳际。他们这种不畏劳苦的乐观精神，无疑会使诗人受到感染。

"水平苗漠漠,烟火生墟落"两句暗示天色已晚,插田已毕。于是,全诗过渡到诗人所精心设计的另一场面,引出收工之际农夫与计吏的对话。农夫的话中充满对计吏的鄙薄与揶揄,而愚蠢的计吏却全然不觉,仍旧恬不知耻地吹嘘自己,现出一副令人憎恶的小人得志之态。这就更从反面衬出农夫的淳厚和质朴。俞汝昌评此诗说:"前状插田唱歌,如闻其声;后状计吏问答,如绘其形。"(《唐诗别裁集引典备注》)从结构上看,前后这两个场面是紧相衔连、互为补充的。诗人试图通过这"一斑"来传达连州的风俗人情,突现劳动人民的淳朴品质和乐观精神。因此,他略去了插田劳动的全部细节,而只绘下他们的音容笑貌,再衬以生机勃勃的画面,使全诗更富于诗情画意,并给读者留下想象的余地。另外,田夫与计吏的对话,既缓解了紧张的劳动气氛,也给诗人精心绘就的插田图增添了诙谐、幽默之趣,这些都是此诗的"灵光独运"之处。

另外,诗中写长安归来之计吏所炫耀的出入省门、行贿补卫士等一套钻营伎俩,说明当时朝政腐败,计司

(度支司)也不例外。在"永贞革新"中,王叔文曾亲自任计相(度支副使),刘禹锡、韩晔、凌准等人都在计司任职,一度使"奸吏衰止"(柳宗元《故连州员外司马凌君权厝志》)。但革新失败后,奸吏复起,刘禹锡亲眼看到连州计吏的丑恶表现,深有感慨。据诗引"适有所感"、"以俟采诗者"云,则他写作此诗的一个目的,就是要对现实加以匡正,以引起执政者的注意。这正是他心系朝廷、关心治道的具体表现。

二、夔州时期(821—824)

　　长庆元年(821)冬,穆宗任命刘禹锡为夔州(治所在今重庆奉节)刺史。夔州雄踞长江三峡的上游,地理位置比较重要,"秩与上郡齿"(《夔州刺史厅壁记》)。他在夔州三年,创作上最有成就的是吟咏风土人情的民歌体乐府诗。

　　刘禹锡主动向民歌学习,始于朗州。政治革新的失败,一方面给他带来了长期被放逐的厄运,另一方面却也使他获得了取之不竭的创作源泉,找到了最适合于自己驾驭的诗歌形式,闯出了一条尚未有人涉足过的道路——文人诗与民歌相结合的道路。如果说夔州三年是他的民歌体乐府诗的集大成时期的话,那么朗州十年则是重要的奠基和开拓时期。朗州位于沅、湘之滨，是楚辞的发源地之一，民间歌风之盛，抵中唐犹未稍衰。刘禹锡的"月上彩霞收，渔歌远相续"（《步出武陵东亭临江寓望》）、"樵音绕故垒，汲路明寒沙"（《晚岁登武陵城顾望水陆怅然有作》）可证。虽然"词语尘下，音韵鄙俚"，但其清新的内容、昂扬的格调、明快的旋律，却深深地吸引了探求中的诗人，使他耳目一新，灵感纷来，深觉"虽盰谣俚音，可俪风什"（《上淮南李相公启》）。于是，他毅然放下士大夫的架子，"俯于逵，惟行旅讴吟是采；眺于野，惟稼穑艰难是知"，"观民风于啸咏之际"（《武陵北亭记》）。在博采众收的基础上，他开始尝试民歌体乐府的创作，现在可以确定写于朗州的《蛮子歌》、《竞渡曲》、《采菱行》等诗，便都带有民歌的特殊风味。《旧唐书·刘禹锡传》云：

> 禹锡在朗州十年，惟以文章吟咏，陶冶情性。蛮俗好巫，每淫祠鼓舞，必歌俚辞。禹锡或从事于其间，乃依骚人之作，为新辞以教巫祝。故武陵溪洞间夷歌，率多禹锡之辞也。

可知刘禹锡的民歌体诗刚一问世，便已流布人口，虽然其时尚在草创阶段，未臻成熟。自朗州迁徙连州后，刘禹锡进一步从民歌中吸收新鲜养料。连州的劳动群众亦善"讴谣"，每于稼穑之际，"齐唱田中歌，嘤咛如竹枝"（《插田歌》）。在他们的直接启迪下，刘禹锡创作了《插田歌》、《莫徭歌》等更具民歌色彩的作品。

　　夔州恰好是《竹枝词》的故乡，这里歌风较朗、连二州尤盛。刘禹锡《踏歌词》记其俗云："自从雪里唱新词，直到三春花尽时。"生活在这样的环境中，诗人如鱼得水。他不仅亲自观摩郡人"联歌竹枝"的盛会，而且刻苦学习《竹枝词》的演唱技巧，达到了能使"听者愁绝"（白居易《忆梦得》诗自注："梦得能唱竹枝，听者愁绝。"）的高妙境地。在这一过程中，他对巴渝民歌所独具的歌辞、音乐、舞蹈三位一体的艺术形式由陌生到熟谙，由熟谙到模拟，由模拟到改造，终于成功地写出了以《竹枝词》、《浪淘沙词》、《踏歌词》为代表的一组又一组脍炙人口的民歌体乐府诗。在《竹枝词九首引》中，诗人尝自述其创作经过和动机：

四方之歌，异音而同乐。岁正月，余来建平，里中儿联歌《竹枝》，吹短笛，击鼓以赴节。歌者扬袂睢舞，以曲多为贤。聆其音，中黄钟之羽。卒章激讦如吴声，虽伧咛不可分，而含思宛转，有《淇奥》之艳。昔屈原居沅湘间，其民迎神词多鄙陋，乃为作《九歌》，到于今荆楚鼓舞之。故余亦作《竹枝词》九篇，俾善歌者扬之，附于末，后之聆巴歈，知变风之自焉。

诗人以屈原的后继者自许。在他看来，其《竹枝词》诸章是堪与屈原的《九歌》相比并的。在《别夔州官吏》一诗中，他更明言："唯有《九歌》词数首，里中留与赛蛮神。"可知他对自己的艺术造诣充满自信。确实，刘禹锡写于夔州的民歌体乐府诗是深得《九歌》风神的。晚年在出刺苏州期间，刘禹锡又模仿吴地民歌的声情，写成与《竹枝词九首》齐名的《杨柳枝词九首》，并被之管弦，流播遐迩。终其一生，刘禹锡不断在文人诗与民歌相结合的道路上树立起新的里程碑。

刘禹锡的民歌体乐府诗都在某种程度上吸收了当

地民歌的健康朴素的思想感情和丰富多彩的表现手法,并将它与文人诗的写作技巧糅合起来,或多或少地达到了风景画与风俗画的融合,人情美与物态美的融合,诗意与哲理的融合,雅声与俚歌的融合。无妨说,正是这四个方面的融合,构成了刘禹锡民歌体乐府诗的基本特征。

竹枝词九首(选四)①

白帝城头春草生②,白盐山下蜀江清③。
南人上来歌一曲,北人陌上动乡情。

① 竹枝词:巴、渝(今四川、重庆一带)民歌中的一种。歌词杂
  咏当地风物和男女爱恋之情,富有浓厚的生活气息。
② 白帝城:在今重庆奉节白帝山上。
③ 白盐山:在夔州城东。蜀江:指长江。

　　刘禹锡作夔州刺史时,听到当地的《竹枝》曲调,遂

依声作词,有意识地学习屈原作《九歌》的精神,要像屈原那样开创一种新的诗风。宋代诗人黄庭坚十分赞赏这组诗的艺术成就,说它"词意高妙,元和间诚可独步。道风俗而不俚,追古昔而不愧。比之杜甫夔州歌,所谓同工而异曲也"。

此诗是组诗的第一首。诗的前后两半是两幅连环的图画,诗人以茂密的春草和清冽的蜀江起兴。乍看,这幅自然图画与下文似无直接联系,实际上它却恰到好处地渲染了环境氛围。对"南人"来说,这幅图画饱含乡土气息,殊觉亲切;对"北人"来说,这幅图画则颇具异乡情调,略感陌生。因而它无疑有着兴起下文的作用。同时,"更行更远还生"的春草和浩荡东去的江水,又暗示出时间的流逝、歌声的悠扬和归途的遥远,对下文的"南人上来歌一曲"及"北人陌上动乡情",都是巧妙的烘托。当读者还在对它进行欣赏和玩味、努力领略其意蕴时,诗人将连环画翻到了下一页。于是,另一幅折射出当地风土人情的图画映入了读者的眼帘。画面上,"南人"引吭高歌,深情缱绻;"北人"低头徘徊,乡愁撩乱。显然,这两幅图画是前后关合、互为补充、相得益彰的。苏轼对这首诗推崇备至,尝叹曰:"此奔轶绝尘,不可追也。"(《苕溪渔隐丛话》引)

　　山桃红花满上头①,蜀江春水拍山流②。
　花红易衰似郎意,水流无限似侬愁。

① 上头:山顶上。
② 拍山流:波浪拍打着两岸的山石而奔流。

　　这是其中的第二首。刘禹锡的乐府体民歌善于将人情美与物态美相融合,诗人往往让自己所喜爱和同情的女主人公面对美好的自然风物,勾起内心的隐忧,产生痛苦的联想,而她的一片痴情便流溢在这痛苦的联想中。

　　在这首诗中,那鲜艳夺目的"山桃红花"和奔流不息的"蜀江春水",一下子便触动了女主人公敏感的神经,扣响了那根紧绷在她心灵深处的悲剧之弦。她想到,当初相恋时,自己的爱情犹如江水一般深沉,而"他"的热情也曾像山花一样奔放。然而,花有衰时,水无尽期。他的热情很快便和山花一起衰谢了,使得她愁满春江,不胜悠悠。这真是伤心人别具眼目,断肠人另有意会。这里,诗人将山花和江水作为女主人公触景生情的"景",睹物伤怀的"物",兼用了兴、比二法。以红花喻美女,已成陈陈相因的俗套。诗人避熟就生,抓住"花红易衰"的特点,以之比喻男子的负心,这就推陈出新,别具风貌了。全诗物态人情,各极其致。沈宗骞《芥舟学画编》云:"树石本无定形,落笔便定。形势岂有穷相,触则无穷。态随意变,意以触成,宛转相关,遂臻妙境。"以之概括这首诗的特点,颇为适合。

瞿塘嘈嘈十二滩①,此中道路古来难。长恨人心不如水,等闲平地起波澜。

① 瞿塘:即瞿塘峡,长江三峡之一。嘈嘈:指水声。十二滩:瞿塘峡西起重庆奉节县,东至巫山县,其中多险滩。

　　刘禹锡在某些吟咏风情的民歌体乐府诗中,有时故意自托为失意女子的口吻,借其酒杯,浇己块垒。在这些诗中,"物态"所触发的"人情",既是作品中人物的,也是诗人自己的。如这第七首诗便是如此。

　　诗人由瞿塘峡的水湍流急,舟行不易,想到人心的无端生衅,风波迭起。触物感兴,辗转生发,言近旨远,寄慨遥深。这可以理解为一个爱情失意的女子的怨恨,也可以理解为政治上受到排挤和打击的诗人自己的愤慨。诗人久历宦海风波,对统治阶级内部的明争暗斗、尔虞我诈有深刻的体验。作为无辜的受害者,他"长恨"统治者的凭空构陷、滥施淫威;作为坚定的守志者,他又厌恶变节者趋炎附势,翻波助澜。诗中的"长恨"之语,虽然出自抒情主人公的声口,实际上却是诗人自己内心的不平之鸣。而由他对"人情不及物态"的"长恨",又正可以见出他自身的"人情"之美。

　　《竹枝词九首》其八也是自伤身世之作:

　　　　巫峡苍苍烟雨时,清猿啼在最高枝。个里愁人肠自断,由来不是此声悲。

诗中的"愁人"虽然不仅仅是指诗人自己,却无疑包括诗人在内。它是所有爱情或政治上的失意者的概称。"愁人"柔肠寸断,却不是悲秋,非关猿声,这就说明他"别有幽愁暗恨在"。是啊,猿声本无可悲,可悲的是为猿声所勾起的身世不幸和被猿声再度啼破的心灵创伤。显然,这里不仅是在抒写思妇的离愁,也融入了诗人自己几遭贬黜、久滞巴蜀的感慨和嗟叹。诗中"清猿啼在最高枝"这一物态本身当然并不含有"人情",却承担着导出"人情"的使命。诗人是懂得并善于发挥作为道具的"物"的妙用的。

山上层层桃李花,云间烟火是人家①。银钏金钗来负水②,长刀短笠去烧畲③。

① 云间:丛山高处。

② 银钏金钗:指妇女。负:背负。因山道险狭难行,故取水背负上山。

③ 畲:火耕。烧畲,即烧去田中榛莽,代替施肥。山区农民多

刀耕火种。

这是《竹枝词九首》中的最后一首。描绘了一幅巴东山区少数民族人民劳动生活的风俗画。诗人以漫山开放的桃李和缭绕在蓝天白云间的缕缕炊烟作为劳动的自然背景。在这一背景上，点缀并活动着汲水为炊的妇女和刀耕火种的男子。他们秉承祖辈的衣钵，各尽所能，劳作不辍，表现了中华民族吃苦耐劳的传统美德。这里，诗人运用替代的修辞手法，以"银钏金钗"指代妇女，"长刀短笠"指代男子，使全诗具有更鲜明的地方色彩，更浓烈的异乡情调。

如果说这首诗还只是对巴渝人民的劳动场面作鸟瞰式的观照和粗线条式的勾勒，那么《畬田行》则是作纤毫毕现的精雕细刻了：

何处好畬田，团团缦山腹。钻龟得雨卦，上山烧卧木。惊麏走且顾，群雉声咿喔。红焰远成霞，轻煤飞入郭。风引上高岑，猎猎度青林。青林望靡靡，赤光低复起。照潭出老蛟，爆竹惊山鬼。夜色不见山，孤明星汉间。如星复如月，俱逐晓风灭。
本从敲石光，遂致烘天热。下种暖灰中，乘阳坼牙
蘖。苍苍一雨后，苕颖如云发。巴人拱手吟，耕耨
不关心。由来得地势，径寸有余阴。

诗人以生动逼真的画面，有层次地展示了巴人畬田劳动
的全过程，从畬田前对地点和时间煞费苦心的选择，到
畬田时烈焰弥空、灿若云霞乃至走兽惊窜、飞禽骇鸣的
景象，再到畬田后新芽得力于春雨滋润，拱土而出、拔节
猛长的结局，无不详尽铺叙，刻意形容。自然，最为壮观
的还是畬田时的景象。诗人以虚实结合的笔法，不遗余
力地渲染火势风威，不仅将"惊麇"、"群雉"驱入画面，
而且引来神话传说中的蛟龙、山鬼，让它们在巴人放火
烧山的巨大声势面前惶恐不知所措。这就反衬出劳动
群众力量的壮伟。诗中的畬田者，虽然为时代和地理条
件所限，未能彻底摆脱原始和蒙昧的状态，却显示出不
畏艰难困苦的气概和在改造荒山野岭的斗争中积累起
来的聪明才智。描绘出这一幅风景画和风俗画的红线
的，正是诗人的赞赏和钦佩之情。

竹枝词二首(选一)

杨柳青青江水平,闻郎江上唱歌声①。东边日出西边雨,道是无晴却有晴②。

① 唱:一作"踏"。踏歌是一种民间歌调,边走边唱,以脚步为节拍。

② 晴:谐"情",为双关隐语。

这首诗作于长庆二年至四年诗人谪守夔州期间。诗的女主人公显系一位情窦初开的青年女子,其内心世界是微妙而丰富的。尽管其情早有所钟,但对方却尚未明确表态,所以她一点芳心不免多方揣度。诗人巧妙地采用融人情于物态的手法,将其复杂心理生动而又曲折地显现在字里行间。

首句渲染环境。杨柳绽青,江水平堤,见出这是极易撩人情思的早春季节,环境若此,季节若此,无怪女主人公要产生缠绵悱恻的"怀春"之情了。次句借歌声为媒介,揭出女主人公心理活动的指向——"郎"无疑是她朝思暮想的心上人。在这般充满诗情画意的环境、季节中,渴望着爱的甘霖的她,忽然听到了"郎"那动听而又费解的歌声。她苦苦地思索和琢磨:这歌声究竟表达了什么呢?能不能据此断定他对自己一往情深、恰如自己对他那样呢?答案是:"东边日出西边雨,道是无晴却有晴。"这似乎纯系刻画景物,其实正是对人物特定心理的一种巧妙折射。明人谢榛认为这两句"措辞流丽,酷似六朝"(《四溟诗话》),所谓"六朝",是指六朝乐府民歌。六朝民歌多用谐音双关语来表达恋情,如以"莲"谐"怜"、以"碑"谐"悲"、以"篱"谐"离"等等。的确,诗人这里是效法六朝乐府民歌,以天气的"无晴"与"有晴",谐人物的"无情"与"有情"。春末夏初之际,南方的天空中常常出现如是的奇景:这边乌云翻卷,雨帘低垂;那边却红日高照,一片晴朗。诗人便以这一气候特点来写照女主人公的心境,她的始而惊喜、继而疑虑、终而迷惘,都融合在这"道是无晴却有晴"的物态中了。她多么希望心上人的态度能更加明朗些,源源不断地向她发出爱的信息啊。然而,也许为了考验她的真诚,对方的歌声却偏偏如此暧昧,害得她忐忑不安、费尽猜详。这些,虽然作者没有直接表述出来,可读者却不难意会。正因为采用这种移情入景、欲吐还吞的抒情方式,全诗显得情思宛转,余味无穷。这里"物态"是美的,"人情"也是美的。

踏歌词四首(选二)①

春江月出大堤平,堤上女郎连袂行②。唱尽新词欢不见③,红霞映树鹧鸪鸣④。

① 踏歌:见《竹枝词二首》注。

② 连袂:挽手而行。

③ 欢:《旧唐书·音乐志》:"江南谓情人为欢。"

④ 红霞映树:谓天色将晓。鹧鸪鸣:俗称鹧鸪鸣曰"行不得也哥哥",暗喻情人不至。

　　《踏歌词四首》是诗人任夔州刺史时所写,是他学习民歌创作的一组反映风土民情的诗歌。这是第一首,它描绘了少女们月夜在江边唱歌跳舞,等待情郎幽会的情景。

　　在明月的照耀下,春江水漫,大堤平坦,少女们手挽手在堤上边走边唱,心中的情思如江水般荡漾;然而,新编的歌词早已唱完,而心上人还是没有露面。新词唱尽之时,已是红霞满树、鹧鸪齐鸣的清晨时分了。诗人借景烘托,不露声色地揭示出少女们那种似愁似怨、似失望又似期待的丰富微妙的内心世界。

　　这幅画面上,不仅荡漾着欢快活泼的旋律,而且流动着鲜艳欲滴的色彩。那皎洁的月光、火红的朝霞,与那堤上少女们艳如桃花的笑脸、五光十色的绣袂,以及参天大树那古铜般的枝干、苍翠的叶片,鹧鸪那黑白相间的羽毛、橙黄的双足交相辉映,显得那样绚烂、那样明媚。这些被诗人捕捉到笔底,便幻化出如此艳丽而又和谐的奇观。

　　像这样"瑰奇美丽"的诗篇,还有如《浪淘沙词九首》其五：

> 濯锦江边两岸花，春风吹浪正淘沙。女郎剪下
> 鸳鸯锦，将向中流定晚霞。

在这幅女郎濯锦的画面上，出现了波光粼粼的江水、艳丽的春花、亮晶晶的沙粒、五彩缤纷的锦绣，倒映在水中犹如烈火燃烧般的红霞，既充满大自然的蓬勃生机，又荟萃了大自然的鲜艳色彩，相互组合成一个动静相宜、浓淡合度的艺术整体，而暗寓在其中的，是濯锦女郎对自己巧夺天工的织锦技艺的自豪和陶醉之情。这样的作品堪称"情调殊丽"（黄庭坚评语）。

> 新词宛转递相传①，振袖倾鬟风露前②。
> 月落乌啼云雨散③，游童陌上拾花钿④。

① 递相传：接连而唱。

② 振袖句：摹写舞态。

③ 云雨散：谓舞罢散去。

④ 花钿：金属发饰。

这是第三首,描绘了青年男女聚会,联翩起舞,相互对歌的热烈场景。首句是写晚会的歌声。民间男女对歌,都是即兴抒怀,脱口而出的新词,"宛转"二字,写出了歌词的悠扬动听,"递相传",歌儿一首接着一首,似乎永远也唱不完。次句再写舞姿,一"振"字、一"倾"字,就把那种狂欢的场面再现了出来。三句是说聚会的散去,但"月落乌啼"的时间之长,又给人一种高潮仍在持续的感觉。最为巧妙的是末句,因为尽情歌舞,一夜之中,少女们对花钿掉落亦全然不觉,故次日游童能于陌上拾取昨夜遗失的首饰。这是从侧面对狂欢之夜作了含蓄的渲染,让人们去想象当时那种浓烈的气氛。其笔法之高明、构思之巧妙,令人叹服。

堤上行三首(选一)^①

江南江北望烟波,入夜行人相应歌②。桃叶

传情竹枝怨③,水流无限月明多。

①《堤上行》是刘禹锡根据梁简文帝的《大堤曲》创制的乐府
　新题。

②相应歌:此唱彼和,歌声相应。

③桃叶:即《桃叶歌》,为南朝《吴声歌曲》。《古今乐录》说:
　"《桃叶歌》者,晋王子敬所作也。桃叶,子敬妾,缘于笃爱,
　所以歌之。"这里借指民间流行的表达爱情的歌。

　　《堤上行三首》作于刘禹锡任夔州刺史期间,这是
第二首,表现的是月夜对歌的情景。诗人先以大半篇幅
描写当地的风俗,使它鲜明如画地悬于读者的眉睫之
前,然后再以简洁、疏淡的笔墨,勾勒风景,布置气氛,以
之作为对风俗画的映衬和点缀。一、二两句总写对歌的
场面:长江两岸,歌者如云,此唱彼和,兴会无前。第三
句写对歌的内容:或传达爱慕之意,或流露幽怨之情,
前者如思如慕,后者如泣如诉。这些都属于风俗画的范
畴。第四句则转入对风景的描绘,这里的"流水"和"明

月",是可以抽绎出多种微妙情思的物象。诗人把它们纳入画中,并分别在其后缀以"无限"和"多"这两个量态形容词,是匠心独运的。那悠悠无尽、脉脉难绝的月光和江水,岂不正象征着歌声的绵绵不断和娓娓动人?设想,如果没有这幅风景画的衬托,前面的风俗画肯定不会像现在这样光彩四溢。

刘禹锡所绘就的风俗画上,出现得更多的还是当地人民的生活场面。这些生活场面情趣横生,诗意盎然,从另一侧面反映了当地的风土人情。如《堤上行三首》其一、其三:

> 酒旗相望大堤头,堤下连樯堤上楼。日暮行人争渡急,桨声幽轧满中流。

> 春堤缭绕水徘徊,酒舍旗亭次第开。日晚上楼招估客,轲峨大艑落帆来。

从画法上说,这只是两幅速写,却颇有容量。前一首(其一)写行人竞渡。诗人先渲染渡口酒旗纷扬、樯橹林立、高楼鳞次的景象,这是为下文张本。接着便推出竞渡的场面：日斜西山，渔舟唱晚，奔波了一天的行人顾不得相互礼让，争先恐后地挤上渡船。一个"急"字，凸现出行人的焦躁之色和匆忙之态。而船家也仿佛理解渡客的心情，使出浑身解数，挥桨疾进。于是，一江碧波之上，回荡着幽轧的桨声，充满了生活情趣。这里，诗人着力表现的是巴人紧张的生活节奏。后一首（其三）写酒家迎客。在逶迤的长堤上，一字排开的酒家相继悬挂起杏黄色的酒旗，在它的招徕下，估客的商船联翩而来。繁忙的白昼过去了，喧闹的夜晚又开始了。这里，诗人所展示的是码头周围的勃勃生机和江边居民好客的热情。这是一幅纯用白描、不施朱墨的风俗画，较之《浪淘沙词九首》之五、《踏歌词四首》之一的秾丽，自有不同的韵味。挖掘其底蕴，我们寻觅到的是诗人对兴旺景象的礼赞。

浪淘沙词九首（选二）①

日照澄洲江雾开②，淘金女伴满江隈③。

美人首饰侯王印,尽是沙中浪底来。

① 浪淘沙:唐代民间歌曲之一,后来变成词牌的名称。

② 澄洲:澄,水清不流貌。洲,水中陆地。

③ 江隈:江岸弯曲处。

《浪淘沙词九首》作于诗人贬谪夔州时期。这是其中的第六首,描写淘沙取金的劳动场面。

淘金这一劳动本身并无不寻常之处,淘金者自己也绝不会意识到它有什么特别的意义。或许,他们只是把它当作维持生计的一种手段。然而,别具慧眼的诗人却看到了它与"美人首饰侯王印"的联系,从而揭示出这样足以给人以启迪的真理:金钿、金印等统治阶级用以互相夸耀的美好东西,都来源于劳动人民的艰苦劳动;劳动中蕴藏着美,劳动更创造了美;离开了劳动人民的创造,统治阶级的"奢华"便无从谈起。诗人着意表现了淘金劳动的艰苦卓绝:不仅要早出晚归,披雾带霜,而且有葬身"浪底"的不测之虞。而这样艰苦的劳动又是由"女郎"担负的。这就含蓄地点出：统治阶级的奢华是建筑在劳动人民的苦难之上的。诗的后两句，隐隐流露了诗人对这种不合理的社会现实的不满。这里，哲理渗透在诗意中，诗意又包含在哲理内。诗意与哲理的融合，使刘禹锡的民歌体乐府诗不仅能作用于读者的感情，而且也能作用于读者的思维，从而更为脍炙人口，流传不衰。

莫道谗言如浪深，莫言迁客似沙沉①。千淘万漉虽辛苦②，吹尽狂沙始到金。

① 迁客：被贬外调的官员。
② 漉：过滤筛选。

这是《浪淘沙词九首》中的第九首诗。诗人以真金自比，对"谗言"报以凛如秋霜般的蔑视，并于自我慰勉中透露出沉冤终将昭雪的信心，暗示被历史长河中的大浪淘去的，将是那些"狂沙"般的进谗者。

　　"莫道"、"莫言",以否定语气披示坚定信念,斩钉截铁,力透纸背。既可视为对难友的期勉,也未尝不是对自身的激励。"谗言如浪深",极言流言猖獗一时,犹如浊浪排空,骇人视听。"迁客似沙沉",拟写志士遭际:他们被流放于穷乡僻壤,好似沙沉江底。"浪"、"沙"相形,有强弱不侔、恶善两妨之势。"千淘万漉",形容"迁客"历尽摧残、折磨,其中融入多少曲折、多少隐痛?"虽辛苦",着一"虽"字,分明不以"辛苦"为意,豁达胸襟与恢宏气度如可触摸。"吹尽狂沙",喻指进谗者有朝一日必将销声匿迹、身败名裂。语意果断,判不容疑。"始到金",亦于沉着中见出高度自信。

　　诗人以淘金为喻,生动地揭示了从自身遭遇中悟出的哲理:正如"狂沙"终究掩盖不住真金的光辉一样,任何美好的事物经过一番痛苦的"淘漉"后,终将战胜邪恶,赢得世人的公认和属于它的荣誉。全诗鲜明地打上了哲理思索的印记,却又始终没有脱离淘金劳动的形象化描写,并且这种昂扬、乐观情绪与民歌是相通的。以李白之豪放,长流夜郎时尚且吟出"平生不下泪,于此泣无穷"的哀婉心曲;此诗却情辞慷慨,掷地有声,堪称高标拔俗,气骨凛然。

蜀先主庙^①

天下英雄气,千秋尚凛然。势分三足鼎^②,业复五铢钱^③。

得相能开国,生儿不象贤^④。凄凉蜀故妓,来舞魏宫前^⑤。

① 蜀先主庙:即蜀汉先主刘备庙,在夔州境内。

② 三足鼎:指蜀汉、曹魏、孙吴形成三国鼎立的局面。

③ 五铢钱:汉武帝时铸行的一种钱币,钱面上有"五铢"两字。王莽篡汉后废止不用。东汉初年,光武帝刘秀又恢复其流通。诗人于题下自注:"汉末童谣:'黄牛白腹,五铢当复。'"故此句显系喻指兴复汉室。

④ 得相二句:相指丞相诸葛亮,儿指后主刘禅。象贤,效法先祖的贤才。《仪礼·士冠礼》:"继世以立诸侯,象贤也。"

⑤ 凄凉二句：据《三国志》、《华阳国志》载，刘禅于公元263年投降曹魏，次年举家东迁洛阳。又据《汉晋春秋》载，司马昭设宴，令"蜀故妓"歌舞，观者皆感叹欷戏，独刘禅嬉笑自若。司马昭问："颇思蜀否?"刘禅答："此间乐，不思蜀。"为此二句所本。

这首诗作于长庆二年至长庆四年诗人任夔州刺史期间。诗中通过鲜明的盛衰对比，将欲挽狂澜的豪情与对国势日蹙的忧思交织在一起，抒发了深沉而又浓烈的兴亡之感。

起二句发唱警挺，气象雄浑。"天下英雄"，暗用《三国志》所录曹操语："今天下英雄，唯使君与操耳。"虽属使事，却略无使事痕迹。尤妙者乃在添一"气"字，使巍巍庙堂气象跃然纸上。而"天下"与"千秋"对举，又使时空得以拓展而变得浩浩无垠，刘备之"英雄气"也就随之而鼓荡于宇宙、磅礴于古今。如此开篇，笔力若有千钧。三、四句盛赞刘备功业，将"英雄气"落到实处。"势分三足鼎"，化用孙楚《为石仲容与孙皓书》中语："自谓三分鼎足之势，可与泰山共相终始。"刘备戎马半生，创业维艰，奠定三分，殆非易事。"势分"句一笔概尽其间之曲折过程，积淀极为丰厚，意蕴极为深广。"业复五铢钱"，巧借钱币为喻，对刘备力图振兴汉室、统一中国的勃勃雄心深表钦羡与崇敬。两句各有出典，殊难牵合，但一经作者运思，即铸为工对，颇具浑然之致。其功力之深，令人叹服。五、六句感叹刘备虽得良相辅佐，成就帝业，却因子孙不肖，功败垂成，以致最终江山易主、鹿死人手。语意一正一反，一扬一抑，不惟寄慨遥深，转接之妙，亦堪称赏。末二句借歌舞场面之特写，承前指责刘禅不恤祖业、忘怀国耻、但求逸乐。字里行间，既渗透着嗟悼刘备事业后继无人之情，亦隐约可见唐王朝日薄西山、国势危殆、执政者昏庸无能、亲佞远贤之意，此所谓"婉言寄讽也"。

从诗作表现的情感上看，诗人先以钦羡的口气描述蜀先主奠定三分、复兴汉室的煌煌功业，极其豪壮，情感是上扬的；然后谴责蜀后主的荒淫误国，又确实凄凉，情感是下抑的。如果说诗的前几句隐含着诗人对功名事业的热衷和试手补天的渴望的话,那么,诗的后几句则暗寓着诗人对经仕的几个君主的不满。这首诗写于唐穆宗即位之初,或有婉言寄讽、防患于未然之意。豪情与忧思的并存,使全诗显得意蕴深厚,气韵沉雄。

三、和州时期(824—826)

　　长庆四年(824)正月,穆宗卒,敬宗即位。这一年夏天,朝廷调任刘禹锡为和州(治所在今安徽和县)刺史。刘禹锡从夔州出发,沿途游览名胜古迹。在和州任职两年多,敬宗宝历二年(826)秋,他奉召卸任回洛阳。途经扬州时,与因病罢苏州刺史回洛阳的白居易相遇,两人悲喜交集。刘禹锡创作了著名的《酬乐天扬州初逢席上见赠》诗。

　　在贬居和州期间,刘禹锡最见功力的是立意高远的咏史诗,其中以《西塞山怀古》、《金陵五题》为代表。作为动辄得咎的逐臣,他不便直接倾诉对现实的忧愤,而只能巧妙地采取托物寄意和借古抒情的方法,透过

"物"和"古"的媒介作用,达到主观和客观的交流,使读者透过"物"与"古"的纱幕,触摸到诗人的感情脉搏。这样,咏史诗便和讽刺寓言诗一样,成了他创作的重点。

特定的生活境遇,决定了刘禹锡所选取的诗歌形式,也决定了他所表现的诗歌内容。从内容上看,刘禹锡咏史诗的基本特征是:糅怀古与讽今为一体,熔咏史与示志于一炉,旨趣隽永,发人深省。诚然,以古喻今,左思的《咏史八首》早开其端。但左思所抨击的只是压制人才的门阀制度,所抒写的也只是个人遭受压抑、磊落不平的情怀。而刘禹锡除了倾吐一己的愤懑外,还将忧国感时、显忠斥佞和悯乱念危等内容纳入诗中。这就不仅在深度和广度上远远超过了左思,而且也为前代的李白、杜甫和后代的杜牧、李商隐所不及。

胡震亨《唐音癸签》引刘后村语云:"梦得诗雄浑老苍,尤多感慨之句。"又云:"禹锡有诗豪之目,其诗气该古今,词总华实。"刘禹锡咏史诗的艺术特征之一正是"雄浑老苍"、"气该古今"。如《西塞山怀古》以横扫千军的气概,将那鳞次栉比的"楼船"、黯然飘逝的"王气"、沉入江底的"铁锁"、滔滔"寒流"以及雄踞在萧瑟秋风中的"故垒",一一排比入诗,构成雄伟壮阔的场面,并从中抽绎出一种深沉、浩茫的兴亡之感。这绝非汲汲于"翡翠兰苕"者所能措笔,不独"宜香山之缩手",杜甫亦当退避三舍。诗人在谋篇手法上往往是对某一史实偶有所感,从一点生发开去,撷取丰富的意象材料,然后因意遣词,即小见大。刘禹锡的咏史每每从游览古迹起笔,抒写吊古伤今之情;这种情又往往像淡水着盐般地融化在诗人精心罗致的景物中,而并不直接流露,达到了妙造自然的境地。他的咏史诗以意运法,不蹈故常,故章法错综多变,摇曳生姿,这些特点在《金陵五题》等诗中都有鲜明的表现。

左思和六朝诗人多借历史事件以寄讽,而较少描写历史胜地的风物,即景抒情。这就是说,他们尚不知驾驭"咏怀古迹"这一咏史诗的变体。而刘禹锡则往往从地方风物起笔来评论古史,抒写时艰,寄寓思古之幽情,把咏史与咏怀古迹融成一体。与杜甫相比,他们都能把论史与感时结合起来,但刘禹锡的借古讽今之作,似比杜甫更有针对性。杜甫多抒写对国家局势的忧念和对古代太平盛世的向往，而绝少对现实的鞭挞、朝政的指斥；刘禹锡则直接把揭露和批判的矛头指向执政者，赋予咏史诗以美刺兴比、显忠斥佞之旨。可以说，杜甫侧重于"忧"，而刘禹锡侧重于"讽"。同时，由于刘禹锡有着更为进步的历史观，其政治识见也比杜甫更为高明。即如刘禹锡所一再表述的兴亡系于人事而不系于地形的思想，在杜甫的咏怀古迹之作中便难以觅见。而刘禹锡在咏史诗中所表现出的对理想的执着追求、对节操的自我捍卫，亦似更具撼人心魄的力量。在形式上，刘禹锡的咏史诗则比杜甫更趋精炼。六朝咏史诗习用五古，有较大的自由驰骋的余地。杜甫多用七律，化繁为简，已属不易；而刘禹锡则除用古诗、律诗外，更常用绝句，选取典型事件、典型场面，以个别反映一般，显得含蓄凝炼，饶有情趣，如《金陵五题》。在手法上，刘禹锡比杜甫更重渲染环境气氛和运用细节材料，每每先展示一片荒凉冷落、暗淡无光的背景，再从这一背景上推出一个包蕴无穷的特写镜头，而让抒情主人公隐身其中，与画面保持同一色彩。较之杜甫的《咏怀古迹五首》，刘诗的"景"所发挥的作用似乎更大，虽然就总体而言，杜甫的成就是刘禹锡所望尘莫及的。与后来杜牧、李商隐相比，杜牧以俊爽称，李商隐以精深称，而刘禹锡则以豪健称。他们在咏史诗的发展史上互相辉映，各有千秋，我们不必强为轩轾。

西塞山怀古①

王濬楼船下益州②，金陵王气黯然收③。千寻铁锁沉江底④，一片降幡出石头⑤。人世几回伤往事⑥，山形依旧枕寒流。今逢四海为家日⑦，故垒萧萧芦荻秋⑧。

① 西塞山：在今湖北大冶县东，是长江中游的军事要塞之一，形势险要。三国时，东吴曾以之为江防前线，恃险固守。题一作《金陵怀古》，非。

② 王濬：西晋益州（治所在今四川成都）刺史。据《晋书》本

传,晋武帝"谋伐吴,诏濬修舟舰。濬乃作大船连舫,方百二十步,受二千余人。以木为城,起楼橹,开四出门,其上皆得驰马来往。""楼船"指此。太康元年(280)正月,王濬率船从益州出发攻吴。

③ 金陵:东吴都城。其后,东晋及宋、齐、梁、陈亦建都于此,故有"六朝故都"之称。王气:《太平御览》卷一七○引《金陵图》云:"昔楚威王见此有王气,因埋金以镇之,故曰金陵。"古人迷信望气之术,以为帝王所在之地有"王气缭绕",国兴则气盛,国亡则气衰。作者并不相信这类说法,只是借用"王气"这个词。

④ 千寻句:当时东吴曾以铁锁横截江面,"又作铁锥,长丈余,暗置江中",企图负隅顽抗,王濬便令部下"燃烛烧之",迅速将其烧沉。

⑤ 一片句:太康元年,王濬兵不血刃,直捣金陵,吴主孙皓出城诣军请降。石头,即石头城,金陵(今江苏南京)之别称。

⑥ 往事:指东吴、东晋、南朝宋、齐、梁、陈等建都金陵的王朝相继灭亡的史实。

⑦ 四海为家:即四海归于一家,指全国统一。《史记·高祖本纪》:"天子以四海为家。"

⑧ 故垒：旧时的军事堡垒。

　　唐穆宗长庆四年（824），刘禹锡由夔州刺史调任和州刺史。秋天乘船沿江东下，途经西塞山时，写了这首诗。

　　计有功《唐诗纪事》卷三九云："长庆中，元微之、（刘）梦得、韦楚客同会（白）乐天舍，论南朝兴废，各赋《金陵怀古》诗。刘满引一杯，饮已即成，曰：'王濬楼船下益州，……'白览诗，曰：'四人探骊龙，子先获珠，所余鳞爪何用耶？'于是罢唱。"

　　西塞山虽然形势险要，但在整个六朝交替中并非引人瞩目者，要从它身上翻出有关南朝兴废的大题目，需要作者有卓越的历史识见。此诗颈联含意非常警策，从变与不变的对比中，揭示出一个深刻思想：山川的险阻并不能决定一个王朝的兴废，决定王朝兴废的是别的更为重要的东西，正如作者《金陵怀古》诗所云"兴废由人事，山川空地形"，人事即指政治的清明或昏暗。所谓"探骊得珠"之"珠"，就是这样一种杰出的思想。

东吴腐朽政权的覆灭极具典型性,铁锁横江而终于沉入江底,简直具有某种象征意味:历史的潮流不可阻挡。亡吴覆辙在前,而南朝仍然亡国败君相继,更说明历史的教训不能漠视,因此写足这个六朝的头,其余各朝就可以一笔带过,达到以一当十的效果。这种以点带面、以头带身的独特艺术构思,也是作者"探骊得珠"的又一表现。

一、二句以晋军的浩大声势反衬东吴的衰飒气运。一"下"即"收",既揭示上下句之间的因果关系,又给人两地近在咫尺、二事桴鼓相应之感。三、四句借史实以明事理,于虚实相间、胜败相形中揭示出终归统一的历史潮流。其中,"千寻"与"一片"、"铁锁"与"降幡",分别构成多与少的逆反及重与轻的对比,不动声色地赋予全联一种辛辣的嘲讽意味:东吴统治者恃险固守,只是枉抛心力。五、六句由"往事"折回到眼前的山川风物。"人世"句将东吴在内的六朝一笔括过,视野宏通,情思悠长。一个"伤"字,既带有反思历史所产生的感慨,又饱含审视现实而引起的忧虑。"几回",点出建都金陵、雄踞江东而终于亡国者,非独东吴而已,将诗境又向深处拓进一层。"山形"句将诗题中的"西塞山"摄入画面。朝代沦替,而山形依旧,益衬出人事变化之频繁。着一"寒"字,不仅与篇末的"秋"字相照应,点明时令,而且渲染了一种吊古伤今时不免产生的悲凉之感。七、八句在讴歌天下一统局面的同时,借渲染历史陈迹,揭示现实隐患:其时,唐王朝平定藩镇叛乱的战争已初奏克获之功,但仍然存在叛乱的潜在危机,因此,作者着力渲染"故垒萧萧"的悲凉陈迹,亦分明有谆谆告诫之意,用笔深曲,发人警省。

全诗似议非议,有论无论,笔着纸上,天际神来,气魄诗律,无不精到,确是梦得一生之杰作。

与《西塞山怀古》一样征前代兴亡、示殷鉴不远的名作还有《金陵怀古》诗:

> 潮满冶城渚,日斜征虏亭。蔡洲新草绿,幕府旧烟青。兴废由人事,山川空地形。后庭花一曲,幽怨不堪听。

这首诗作于宝历二年春。地形之险,常常被古代大大小小的腐朽统治者看作维护他们统治的天然屏障,然而,六朝的统治者依恃长江天险,偏安一隅,恣意享乐,结果相继覆灭,只留下荒烟残照和哀怨悱恻的亡国之音。可知兴亡系于人事而不系于地形。诗人以此告诫唐王朝统治者:只有修明政治,才能长治久安。

望　洞　庭

　　湖光秋月两相和^①,潭面无风镜未磨^②。遥望洞庭山水翠^③,白银盘里一青螺。

① 两相和:相互辉映。
② 潭面:湖面。镜未磨:有风则湖面波涛摩荡,有如磨镜,这里是指无风的状态。
③ 山:即洞庭湖中之君山。

　　刘禹锡《历阳书事七十韵》诗序云:"长庆四年八

月,予自夔州刺史转历阳,浮岷江、观洞庭、历夏口,涉浔阳而东。"这首诗正作于转任和州刺史途中。

一、二两句展示月光映照下的洞庭湖静美的风姿:万顷湖面,波平如镜;千里皓月,浮光耀金。三、四句写凝眸"遥望",秋夜的湖光山色愈显青翠,那浩大湖面仿佛一只莹澈的白银盘,而洞庭湖中的君山恰似放在盘中的一颗小巧的青螺。全诗玲珑剔透,虽仅二十八字,却似有无穷境界掩映于中,不尽情思含蕴于内,体现了诗人"境生于象外"的审美理想。

韩愈曾以瓦盆贮水,植荷养鱼,而作《盆池》诗五首,其三云:"池光天影共青青,拍岸才添水数瓶。且待夜深明月去,试看涵泳几多星?"小中见大,仿佛有何所不容之景象,把区区盆池写得气象万千。刘禹锡此诗却反之,缩千里之景于方寸之间,以巧妙的构思比喻,将横无际涯的洞庭湖变成一件精妙绝伦的山水盆景,能宛然置于眉睫之前。诗人伎俩真不可测!后来晚唐雍陶《题君山》:"疑是水仙梳洗处,一螺青黛镜中心",宋黄庭坚《雨中登岳阳楼望君山》二首之二:"可惜不当湖水面,银山堆里看青山",皆胎息于刘禹锡的"遥望洞庭山水翠,白银盘里一青螺",而共同成为描绘洞庭山水的千古名句。

金陵五题(选三)

石头城①

山围故国周遭在②,潮打空城寂寞回。淮水东边旧时月③,夜深还过女墙来④。

① 见《西塞山怀古》注⑤。

② 故国:故都,这里指石头城。周遭:环绕。

③ 淮水:即今秦淮河,横贯金陵城,六朝时秦淮河畔是金陵最繁华的区域。

④ 女墙:矮墙,指城垣上的墙垛。

《金陵五题》是一组借六朝故都金陵遗迹来总结历史教训的诗篇。诗前小引云:"余少为江南客而未游秣陵，尝有遗恨。后为历阳守，跂而望之。适有客以《金陵五题》相示，迮尔生思，欻然有得。他日友人白乐天掉头苦吟，叹赏良久，且曰：'《石头诗》云："潮打空城寂寞回"，吾知后之诗人不复措词矣。'余四咏虽不及此，亦不辜乐天之言尔。"由引文可知，诗人创作这组诗时，尚未到过金陵，全凭想象虚构而成。《石头城》是其中第一首，深得白居易称赏。

"山围"点出金陵的地理形势：群山环绕，确有"虎踞龙盘帝王州"的森严气象。"故国"既令人想见其作为六朝故都的光荣历史，亦暗示其历史荣光已成"故"迹，因而本身便蕴含着一种盛衰兴亡之感。而次句中的"空城"一词，则将这种盛衰兴亡之感渲染得更加强烈与深长。既为"空城"，则意味着不仅当年市列珠玑、户盈罗绮的繁华景象已消失殆尽，而且连昔日的舞榭歌台和巍峨宫阙亦已难觅踪影。偌大的金陵城，如今竟空空如也，"家"徒四壁。涉笔至此，其荒凉、孤寂之状已宛然在目。但诗人意犹未足，复又独具匠心地将"空城"置于江潮的拍击下。如果说"潮打空城"尚无多少深意的话，那么续以"寂寞回"三字，则使深意毕现、境界全出：连潮水光顾石头城后亦觉索然无味而掉头而回，可知它已荒凉、孤寂到了何等程度。"淮水东边"二句更引出"旧时月"加以烘托，"月"前冠以"旧时"，分明寓有"今月曾经照古人"之意。"旧时月"阅尽人间沧桑，自不失为金陵由盛而衰、六朝由兴而亡的历史见证。在诗人笔下，只有它多情如故，于深夜时分仍照进城内。这岂不也在暗示：石头城荒凉已甚，因而鲜有前来问津者。

诗人要表现的是石头城的荒凉寂寞，全诗正是根据这一立意来驱驭词藻，熔铸意境。诗人的高明之处在于：不从正面直接说破自己的感觉，而把它与潮水和明月连在一起，让潮水来感知其寂寞，让明月去窥见其荒凉。如此措词，更觉别开生面而又合情入理。我们不能不膺服诗人善于生发、想象的艺术创造力。正如《谢叠山诗话》所称道的那样，全诗"意在言外，寄有于无"，深具"风人遗意"。

乌　衣　巷①

朱雀桥边野草花②,乌衣巷口夕阳斜。旧时王谢堂前燕③,飞入寻常百姓家④。

① 乌衣巷:位于秦淮河之南。三国时东吴曾在此设军营,军士皆穿黑衣,故名。晋代王、谢等豪门世族聚居于此。

② 朱雀桥:在金陵朱雀门外,横跨秦淮河。六朝时是由市中心通往乌衣巷的必经之路。

③ 王谢:王导、谢安,东晋最大的两家豪门世族。

④ 寻常:平常。

这首诗在《金陵五题》中序列第二。诗人采用即小见大、观微知著的手法,通过燕子筑巢这一特写镜头艺术地凸现了朝代沦替、富贵无常的重大主题。

首句即深蕴今昔异貌、繁华成空的沧桑之感:昔日朱雀桥上车马喧腾,冠盖往还;如今却只有野草闲花自生自灭,徒开徒落。可知朱雀桥一带已趋冷僻、荒凉。着一"野"字,荒僻之意顿然弥漫纸上。次句亦具象外之致:当年豪族聚居的乌衣巷口,而今再也不见玉辇纵横、金鞭络绎的景象,但见夕阳西沉,暮色苍苍。"夕阳"历来是衰败的象征,续一"斜"字,则更强化了日薄西山的惨淡氛围。而"夕阳"与"野草"相映衬,景色又该是何等萧飒、凄凉!两句中,不仅"夕阳斜"对"野草花"("花"作动词解,犹"开花"。)堪称妙对,而且"夕阳斜"与"乌衣巷"亦属偶对天成:既切地理史实,又具诗情画意,极易诱发读者的联想。三、四句仍致力于刻画景物,通过燕子筑巢这一高度典型化的细节,进一步即小见大地折射出发生在金陵的沧桑巨变:燕子依旧归巢,而房屋却已易主——随着时光的流逝,王、谢二家的豪华宅第已沦为普通百姓的栖身之所,旧时的"王谢风流"已荡然无存。这里,"王谢堂"与"百姓家"相比照,同样令人抚今思昔、慨然兴叹。当然,诗人如此着笔,不仅仅是为王、谢的没落结局而叹惋,更欲借以警示日趋没落的中唐统治者:殷鉴不远,当知自振。全诗言约意微,辞浅境深,颇具含蓄蕴藉之美。

本诗三、四句以"王谢"点题，借燕子寓感，运思极其空灵，让后人交口称誉。如施补华《岘傭说诗》云："若作燕子他去，便呆。盖燕子仍入此堂，王、谢零落，已化为寻常百姓矣。如此则感慨无穷，用笔极曲。"何文焕《历代诗话考索》则云："妙处全在'旧'字及'寻常'字。"在明清时代，由于争相摹拟该两句之技法，还几乎引起诉讼：有人拟之曰："王谢堂前燕，今飞百姓家。"谢榛《四溟诗话》斥为："点金成铁矣。"他自己复拟之曰："王谢豪华春草里，堂前燕子落谁家。"何文焕则又斥为"尤属恶劣"。其实，这两句与前两句相辅相成，不能忽略前面"野草"和"夕阳"的映衬作用。宋周邦彦《西河》(金陵怀古)隐括这首诗意说："酒旗戏鼓甚处市，想依稀王谢邻里，燕子不知何世，向寻常巷陌人家相对。"辛弃疾《沁园春》亦化用此诗说："朱雀桥边，何人会道，野草斜阳春燕飞。"就较好地理解了作者之意。

台　城[①]

台城六代竞豪华,结绮临春事最奢[②]。万户千门成野草,只缘一曲后庭花[③]。

① 台城:本东吴后苑城,东晋成帝时改建,为东晋、南朝的皇城。故址在今南京市鸡鸣山北。

② 结绮、临春:南朝陈后主所建豪奢楼阁宫殿。

③ 后庭花:即《玉树后庭花》,陈后主所制的淫靡乐曲。

刘禹锡深明"忧劳可以兴国,逸豫可以亡身"的道理,这首怀古诗,以台城这个六朝帝王起居临政的地方为题,对前代帝王恬嬉失政、荒淫误国表示了自己的感愤。

六朝建都金陵,相继竞逐豪华,而陈后主后来居上,他盛建结绮、临春等宫殿,最为奢侈。据《南史·张贵妃传》记载:"(陈)至德二年,乃于光昭殿前起临春、结绮、望仙三阁,高数十丈,并数十间。其窗牖、壁带、县楣、栏槛之类，皆以沉檀香为之，又饰以金玉，间以珠翠，外施珠帘。内有宝床宝帐，其服玩之属，瑰丽皆近古未有。"陈后主整日倚红偎翠，不理朝政，还自谱新曲《玉树后庭花》，让数以千计的美女边歌边舞。于是，在这香雾缥缈的靡靡之音中，大好河山丧失殆尽，千家万户沦于野草。包佶《再过金陵》诗云"《玉树》歌终王气收"，陈亡，则江南"王气"已尽。此诗首句自六代说起，并不仅为伤陈后主。陈为六朝最末一个王朝，陈后主乃陈最后一个皇帝，陈亡则六朝终致覆灭。诗人采用典型化的手法，艺术地再现了一个历史事实，形象地揭示了淫逸与亡国之间的因果联系。

刘禹锡所作这些怀古诗，皆有惩前毖后之意，于六朝往事再三唱叹，是为了规讽当朝天子能知兴废成败之理而稍加敛抑，亦所谓前事不忘，后事之师也。

经檀道济故垒①

万里长城坏，荒营野草秋。秣陵多士女②，

犹唱白符鸠^③。

① 檀道济：南朝宋名将，征秦伐魏，屡建殊勋。曾任江州刺
　史。后为彭城王刘义康等疑忌，矫诏杀之。事见《宋书·
　檀道济传》。道济故垒在今南京市江宁县。
② 秣陵：南京的别称。
③ 白符鸠：古拂舞曲名。

　　这首诗是宝历二年刘禹锡由和州返洛阳，途经金陵
时所作。檀道济乃一代名将，一生战功卓著，最后竟无
辜被杀。据《宋书·檀道济传》载，当檀道济被捕时，曾
愤慨地投帻于地说："乃复坏汝万里之长城！"他死后，
时人怜其冤，作歌曰："可怜《白符鸠》，枉杀檀江州。"道
济之冤，至今金陵士女犹唱《白符鸠》而怜之。三百年
后，诗人登其故垒，对刘宋朝廷自毁长城的愚蠢行为深
感痛心。诗中多用《宋书》本传中语，一经点染，便有一
唱三叹之妙。
　　诗人怀古思昔是为了感今寄悲，这里的檀道济分明

也就是作者所悼念的"永贞革新"的领袖人物王叔文。元和元年,曾经汲引过诗人的王叔文被宪宗赐死于贬所,他与檀道济生平虽异,而"枉杀"则同。刘禹锡在诗文中曾多次对王叔文之死表示怀念之情,如谪居朗州期间作《华佗论》,借曹操杀华佗一事来抨击宪宗枉杀王叔文,"吾观自曹魏以来,执死生之柄者,用一恚而杀材能众矣"。因此,这首诗里诗人对檀道济的一掬同情之泪中,也寄托着对王叔文被杀的不平与悲叹,在思古之幽情中,包含着作者的哀悼之忱。

由于人主昏庸,有志之士时履危境,报国无路,故具"宰相之器"的诗人特别倾心于发挥开拓"功成见诛"的传统主题。如《韩信庙》诗:

> 将略兵机命世雄,苍黄钟室叹良弓。遂令后代登坛者,每一寻思怕立功。

"高鸟尽,良弓藏;狡兔死,走狗烹;敌国破,谋臣亡。"这是淮阴侯韩信在惨遭屠戮前发出的清醒而又痛苦的浩叹。自从司马迁将它载入《史记》并为之深致感慨以后,功成见诛便成为诗人们乐于驰骋笔墨的传统主题。刘禹锡这首诗也正是这一令志士仁人色沮心寒的传统主题,但它却并未停留于对这一传统主题的一般性揭示和简单化演绎,重复前人从无数惨痛的历史事实中总结出的具有警世意义的深刻教训。诗人撇开对历史事实的庸常显现和繁琐叙述,而仅仅艺术地展示了最高统治者诛戮功臣的行径给后代的王佐之才所造成的心理压力:"遂令后代登坛者,每一寻思怕立功。"后果严重若此,最高统治者欲求长治久安,能不引以为鉴?这就不仅拓展了作品的艺术空间,而且扩大了其情感张力,丰富了其思想内蕴。较之功成见诛的传统主题,此诗用笔显然要向深处拓进一层。

酬乐天扬州初逢席上见赠[①]

巴山楚水凄凉地[②],二十三年弃置身[③]。怀旧空吟闻笛赋[④],到乡翻似烂柯人[⑤]。沉舟侧畔千帆过,病树前头万木春。今日听君歌一曲,暂凭杯酒长精神。

① 乐天:白居易字。

② 巴山楚水:泛指作者先后谪居的朗州、连州、夔州、和州等
地。朗州在战国时属楚地,夔州在秦汉时属巴郡。巴郡多
山,楚地多水,故云。

③ 二十三年:作者自永贞元年(805)九月被贬出京,至此时应
召回京,共二十二年。因返京路途遥远,预计抵京时已步
入第二十三个年头,故称"二十三年"。

④ 闻笛赋:指晋人向秀的《思旧赋》。向秀经过亡友嵇康、吕
安的旧居时,有感于邻人笛声,遂写成此赋,寄托怀念旧侣
之情。

⑤ 烂柯人:指王质。据《述异志》载,晋人王质入山砍柴,见二
童子下棋。观棋至终,发觉手中斧柄已烂。回到家乡,才
知已过百年,同辈人皆已亡故。柯,斧柄。

此诗作于宝历二年(826)岁暮。其时刘禹锡罢和
州刺史,回洛阳,归途中与罢苏州刺史任的白居易在扬
州相遇,白作《醉赠刘二十八使君》诗云:"为我引杯添

酒饮，与君把箸击盘歌。诗称国手徒为尔，命压人头不奈何。举眼风光长寂寞，满朝官职独蹉跎。亦知合被才名折，二十三年折太多。"刘禹锡遂作此诗相酬答。

首联概写谪守巴楚、度尽劫波的经历。"凄凉地"、"弃置身"，固然语含哀怨，却既非呜咽唏嘘之状，亦非消沉颓唐之态，因而堪称感伤中不失沉雄，凄婉中犹见苍劲。颔联感叹旧友凋零、今昔异貌，"闻笛赋"、"烂柯人"，借典寄慨，耐人寻味。如果说前者包蕴着诗人对亡友缠绵难已的怀念之情，那么后者不仅暗示自己贬谪时间的长久，而且表现了世事的变迁以及回归后恍如隔世的特殊心态。颈联以"沉舟"、"病树"自喻，虽有自感衰沦、自叹落伍之意，但"千帆过"、"万木春"所展示的却是生机勃勃的景象，其中寄寓了新陈代谢的积极思想和辩证地看待一己困厄的豁达襟怀。在结构上，它与白诗中的"举眼风光"一联相呼应，却摒弃了前者的晦暗色彩和低沉旋律，而出以明朗、高亢的笔墨。在手法上，它则将诗情、画意、哲理熔于一炉，以形象的画面表现抽象的哲理，旨趣隽永，情韵深长，因而向为人们所传诵。

尾联顺势而下,吁请白氏举杯痛饮,借以振奋精神,共同走向未来、创造明天,从而使其坚韧不拔的意志和永葆劲直的情操更加清晰地呈现在读者眼前。

刘、白二诗相较,刘诗是既高于原唱、又不离原唱的名作。刘禹锡采取的是因势利导的方法,诗的前半部分,每一句的最末一个字(地、身、赋、人)都是这一句的中心,形成了一种反复渲染、层层加重的气氛,顺着白居易的诗意把自己的沉沦之悲写足。"沉舟"二句翻出了一种达观的态度。从艺术上看,前面四句对自己不幸遭遇的描写,反而成了五、六两句的一种反衬,因此格外显出胸襟的开阔。这种在顺着原唱的思想感情的基础上翻出新意的写法,表现了刘禹锡卓越的唱和技巧,这是一种思想修养,也是一种艺术修养。

四、回朝、再出及闲居东都时期（826—842）

　　大和元年（827）六月，刘禹锡任东都尚书省主客郎中，闲居洛阳。次年由于裴度等人的荐拔，调回朝廷任主客郎中。他一到长安，就写了《再游玄都观绝句》，"前度刘郎今又来"，以一个胜利者的姿态发出爽朗的笑声。

　　不久，裴度荐举刘禹锡为集贤殿学士。当时，集贤殿由裴度兼任大学士，他很器重刘禹锡的才干，这样安排，有待机重用刘禹锡之意。"幸依群玉府，有路向瀛洲"（《早秋集贤院即事》），刘禹锡对自己的仕途也充满信心。大和三年（829），刘禹锡被任命为礼部郎中，仍兼集贤殿学士。这时，他本想依托宰相裴度干一番事业,但大和年间宦官势力逐渐发展到使正直的朝官无法立足的地步,而朝中牛、李朋党之争又了无虚日。大和四年,在牛党李宗闵的排挤下,裴度出朝充山南东道节度使。刘禹锡也彻底失去了在裴度援引下东山再起、成为朝廷股肱之臣的机会。大和五年十月,刘禹锡离开长安赴任苏州(今属江苏)刺史。此后,又调任汝州(今河南省临汝县)、同州(今陕西省大荔县)刺史。开成元年(836)秋天,刘禹锡因患足疾,改任太子宾客,分司东都。会昌二年(842)秋,刘禹锡与世长辞,享年七十一岁。

刘禹锡后期终于结束了"巴山楚水凄凉地"的困厄境况,在追随裴度期间,诗人希望能有所建树,不甘衰老,力图振作,仍然写出了不少"烈士暮年,壮心不已"式的作品。同时,险象丛生的国家局势和执弩四伏的朝廷政治,又使得他藏掖起早年的犀利锋芒。诗人的创作态度与创作倾向发生了重大的转变,倘若用刘禹锡自己的诗句来概括他后期诗歌创作的基本倾向和基本特征的话,那么"心如止水鉴常明,见尽人间万物情"(《和仆射牛相公寓言二首》），或许可以得其仿佛。他以阅尽沧桑的目光，对朝廷中白云苍狗的变化冷眼旁观。因而，他这一时期的诗作较多地表现出的是一个深谙世故者的阅历与识见，其意义在于能如明镜般地反映出那个黑暗时代的侧影，而不再像前期作品那样富于战斗性。

刘禹锡退居洛阳后，与白居易诗酒征逐，"闻道洛城人尽怪，呼为刘白二狂翁"（白居易《赠梦得》），极尽风流狂放之态。但诗人却是"濩落唯心在，平生有己知。商歌夜深后，听者竟为谁？"（《罢郡归洛阳寄友人》）"弥年不称意，新岁又如何？念昔同游者，而今有几多？"（《分司东都蒙襄阳李司徒相公书问因以奉寄》）这也足以说明他是在借吟咏风情、寄意诗酒来排遣内心的苦闷。

创作态度与创作倾向的转变，必然带来诗风与诗境在一定程度上的嬗变。刘禹锡后期的诗歌创作有意识地敛抑锋芒，销铄锐气，回避顶风，追求讽托的幽远和寄兴的深微，努力使作品臻于气象老成的艺术境界，而不像前期那样尽情发泄，咄咄逼人。这尤其体现在反映现实或抒发对现实的感愤的作品中——这一部分作品不仅很少单刀直入地指斥时弊、抨击时政,给人以锋利洒脱之感,而且在冷眼旁观现实时,连自己对现实的风风雨雨、是是非非的真实看法也不直接吐露,往往含蓄其词,曲折其意。

总之,刘禹锡后期的诗歌创作同样也具有自己的独特风貌,它不仅无损于一代"诗豪"既有的声望,相反,倒为诗人赢得了"四海齐名白与刘"(白居易《哭刘梦得尚书二首》)的更高赞誉,使他成为世人心目中与白居易联镳并驰、无人堪与鼎足而三的诗坛"国手"。

洛中逢韩七中丞之吴兴
口号五首(选一)①

昔年意气结群英②,几度朝回一字行③。
海北江南零落尽④,两人相见洛阳城。

① 韩七中丞:韩泰,"永贞革新"政治集团成员,被贬的"八司

马”之一。吴兴：湖州（今属浙江）。

② 群英：指王叔文革新集团诸人。

③ 一字行：并排而行。

④ 海北江南：指南海以北、长江以南地区，即诸人所贬之荒远州郡。

大和元年六月，刘禹锡除主客郎中，分司东都。次年七月，韩泰离长安赴湖州任刺史，赴任途中，与刘禹锡相会于洛阳。刘禹锡作此组诗以抒发相见时的心情，这里选的是第一首。

久别重逢，这本是一件快事，而他们又都刚刚结束巴山楚水和三湘百越的辗转流徙，这也未尝不值得庆幸。然而，诗中却弥漫着“欢娱却惨凄”（其二）的气氛。因为由今日的“两人相见洛阳城”，诗人不能不想到更多的旧侣却已“海北江南零落尽”，从而引起一连串心酸的回忆。诗人以昔年群英意气之盛，反衬今日旧交凋零之悲，语出肺腑，弥觉沉痛。

再看其二、其三：

　　自从云散各东西，每日欢娱却惨凄。离别苦多相见少，一生心事在书题。

　　今朝无意诉离杯，何况清弦急管催。本欲醉中轻离别，不知翻引酒悲来。

这里的"一生心事"，当然是指他们共同为之奋斗的革新事业。它像一条柔韧的纽带，始终维系着革新者之间的友谊。此时此际，同志亡故之苦和旧业夭折之痛一齐冲击着诗人的心扉，使他"本欲醉中轻离别，不知翻引酒悲来"。在保守势力的打击迫害面前，诗人是铁骨铮铮、不可稍屈的，可是对意气相投的旧侣，他却又是怀着一副相惜相怜的柔肠。

视 刀 环 歌①

　　常恨言语浅，不如人意深。今朝两相视，脉脉万重心。

---

① 刀环：《古诗》："何当大刀头，破镜飞上天。"《乐府解题》：

"大刀头者,刀头有环也。何当大刀头者,何日当还也。"

一般认为,这首诗是托刀环以寄迁客思归之意,其实刘禹锡乐府诸作并非漫为拟古者。此诗词意深沉,含蕴无尽,乃刘禹锡后期诗歌讽托深远、寄兴深微的代表作。

清人徐增在《而庵说唐诗》中解析云:"'今朝两相视','两',指刀与环而言。'相视'非梦得视刀环、刀环亦视梦得之谓,是梦得视刀复视环,视环复视刀也";"梦得有不平事在心,尽用得刀者,然其无柄,见此环念头又顿消歇下去,故不赋刀而赋刀环也。"这是很有见地的。的确,正如诗人所说,自己晚年"心如止水鉴常明",必然对朝廷中宦官专权、朋党倾轧等种种弊端洞若观火。他多想将满腔不平之气一吐为快!然而,劫后余生的诗人又深知祸从口出,"世间喜开口者多为不开口者所害"(同上徐增语),故箝舌锁喉,欲说还休。所谓"常恨言语浅,不如人意深",是说内心之深意多与时相忤,大逆不道,因而能形于言语者甚寡,这就不免使人常以言语之浅薄难副人意之深厚为恨了。"今朝两相视，脉脉万重心"，见出诗人此时思绪浑灏、心事浩茫，其对现实的种种感愤、悲慨，尽在不言之中。全诗"着意'视'字"（沈德潜《唐诗别裁集》），让人吟之益厚，按之弥深，颇具锋芒内敛的老成气象。

再游玄都观绝句

百亩庭中半是苔①，桃花净尽菜花开。种桃道士归何处②，前度刘郎今又来。

① 苔：青苔。

② 种桃道士：喻指当年竭力培植党羽而对革新志士倍加迫害的执政者。

这首诗作于大和二年（828），是《元和十年自朗州承召至京戏赠看花诸君子》的续篇。诗前有小序："余贞元二十一年为屯田员外郎，时此观未有花。是岁出牧连州,寻贬朗州司马。居十年,召至京师,人人皆言有道士手植仙桃,满观如红霞,遂有前篇以志一时之事。旋又出牧,今十有四年,复为主客郎中。重游玄都,荡然无复一树,唯兔葵、燕麦动摇于春风耳。因再题二十八字,以俟后游。时大和二年三月。"由序文可知,虽然时过境迁,昔日迫害革新志士的权贵们已经失势或亡故,但诗人并没有淡忘当年的是非曲直。他之所以"再游玄都观"并重提旧事,正是为了以胜利者的姿态对那些昙花一现的权贵予以辛辣的讽刺。这充分体现了诗人宁折不弯的刚强性格和至老不衰的昂扬斗志。

　　"百亩",点出庭院之弘敞,令人联想起权贵们昔日声势之煊赫。"半是苔",见出庭院之荒凉——既然青苔居半,分明人迹罕至。对照当年人头攒动、人声鼎沸的"看花"盛况,这岂不是暗示那些权贵已趋没落与败亡?"桃花净尽",则以象征手法进一步表现玄都观中的盛衰变化,借以影射当年窃取高位、权倾京师却转瞬便如鸟兽散的满朝新贵。联系前诗中所描写的桃树千株、蔚为奇观的情景,殊堪玩味。"种桃"句再加生发,由"桃花净尽"推及"种桃道士"之归宿，并故意用诘问句将满腔愤怒化为淡淡的一哂。人事沧桑、今昔变化，至此业已申足。于是，诗人便于末句作极富挑战意味的自我亮相："前度刘郎今又来。"这一句则洋溢着胜利的喜悦，我们仿佛从中听到了诗人不无自豪的笑声。这笑声既是庄严的，具有震撼人心的力量；也是幽默的，能使人因为正义战胜了邪恶而感到某种快意。

　　"刘郎"形象是刘禹锡在诗中树立的一个正道直行、守志有恒、自强不息的人格典范，给后代的文人以莫大的激励与鞭策。宋代的诗词作者在坎壈失意而又不甘屈服、不甘沉沦时，往往自托"刘郎"或"前度刘郎"，借以自慰或自勉。如苏轼《南乡子》："秋色渐摧颓，满地黄英映酒杯。看取桃花春二月，争开，尽是刘郎去后栽。"周邦彦《瑞龙吟》："前度刘郎重到，访邻寻里，同时歌舞。惟有旧家秋娘，声价如故。"吴文英《贺新郎》："前度刘郎老矣，奈年来、犹道多情句。应笑煞，旧鸥鹭。"在这些作品中，"刘郎"、"前度刘郎"已成了历尽劫难而无改贞操的人格典范的代称。

和乐天《春词》

新妆宜面下朱楼①,深锁春光一院愁。行到中庭数花朵,蜻蜓飞上玉搔头②。

① 宜面:谓善于修饰,与面型相宜。
② 玉搔头:玉簪。

白居易《春词》云:"低花树映小妆楼,春入眉心两点愁。斜倚栏干背鹦鹉,思量何事不回头?"所谓"含情欲说宫中事,鹦鹉前头不敢言",唐人宫闱之事取鹦鹉作比兴者,皆寓难言之隐。大和三年(829),朝廷中党争加剧,政局出现险象,白居易不肯卷入党争,表达了要急流勇退、及时回头的想法,故当年春天辞去刑部侍郎归洛。刘禹锡和诗即作于此时,亦借宫怨题材,抒写自己于政局变化之际的内心感受。

诗的前半部分是一个强烈的对比,首句写宫女新妆下楼,似有所盼,一个"宜"字点出了她的外在资质及内心灵慧之美。然而，一院春光深锁，使她无法展现自己的美好才华。次句写人为的阻断，与首句一正一反、一顺一逆，于情感、结构、文势上均有长坡挽马、急流回舟之势，而千钧之力，却略无痕迹。后半部分具体描写宫女之愁怨。三句"数花朵"，极状其无聊意绪，末句"蜻蜓飞上玉搔头"，摹写其凝立如痴光景，极状伫立沉思之久，从侧面烘染出怨情，是全诗最富神采的一笔。

"绝句之有宫体，大约皆文人忧忿，托之于女子，贵乎婉而善怨，凄断伤心，溢于纸墨之外。"（张谦宜《𬺢斋诗谈》）刘禹锡《和乐天〈春词〉》真可谓婉而善怨，除此之外，如《阿娇怨》，亦是凄断伤心的宫怨佳作：

> 望见葳蕤举翠华，试开金屋扫庭花。须臾宫女来传信，言幸平阳公主家。

汉武帝曾许"金屋藏娇"之诺，故阿娇立为皇后时，亦被宠极一时。然情之所钟，帝王之家本罕有其事，平阳公主进献其歌者卫夫人后，阿娇马上就失去了宠爱。这首诗摹写陈皇后失宠后望幸不至的哀怨情状，下字用语含

蕴丰富,非常耐人寻味。如次句的"试"字极妙,徐增细
加品味后指出:"是言不开殿扫花,恐其即来;开殿扫
花,又恐其不来。且试开一开,试扫一扫看。此一字摹
写,骤然景况如见,当呕血十年,勿轻读去也。"(《而庵
说唐诗》卷十一)他又说末句的"言"字中"有无限意思
烦难在"。对于宫女来说,帝来幸,好说;帝不来幸,不
好说。帝幸别处,犹好说;帝幸卫夫人家,便不好说。不
好说又不能不说,煞是难对。聪明的宫女经过思考以
后,决定说帝幸平阳公主家,而不说幸卫夫人处。一个
"言"字,充分突出了宫女的随机应变和善于圆转。而
宫女这样做,正说明了阿娇的怨怅已经到了不堪承受的
地步(吴汝煜评析语)。而诗人的同情之中,分明也蕴
含了自己的身世之感。王夫之《薑斋诗话》称赞刘禹锡
七绝乃"小诗之圣证",即观此诗,岂虚言哉!

与歌者米嘉荣^①

唱得凉州意外声^②,旧人唯数米嘉荣。近

来时世轻先辈，好染髭须事后生。

① 米嘉荣：贞元、元和间著名乐人。《太平广记》引《卢氏杂说》称："歌曲之妙，其来久矣。元和中，国乐有米嘉荣。"
② 凉州：乐曲名。意外声：犹谓弦外之音。

《云溪友议·中山诲》云："余亦昔时直气，难以为制，因作一口号，赠歌人米嘉荣。"由此可见这是一首深具政治寓意的作品。大和四年（830）四月，裴度被牛僧孺、李宗闵排挤出朝，充山南东道节度使，刘禹锡追随裴度在政治上干一番事业的希望破灭，便无所顾忌，写了这首诗。诗人借反讽轻视"先辈"的"后生"及纵容后生的"时世"，寄寓了对牛、李集团排挤裴度及自己等资深朝臣的卑劣行径的不满。

米嘉荣是一位著名的歌唱家，贞元时刘禹锡曾多次聆其美妙歌声，时隔二十余年，在历尽坎坷后，重得于京城赏其歌喉，感受自然迥异于当年。诗人称米嘉荣为"旧人"，既是为了兴发怀旧之情，也是暗讽牛、李一无念旧之意。诗中说只有米嘉荣唱得《凉州》旧曲，则是借以反衬牛、李的淡忘"旧事"、不恤"前情"。——据《旧唐书·李德裕传》，"裴度于宗闵有恩。度征淮西，请宗闵为彰义观察判官。自后名位日进"。而牛僧孺在贞元二十年（804）曾以诗文投谒刘禹锡。然而，一旦得志青云，大权在握，他们便恩将仇报，把裴、刘视为其结党营私的障碍，必欲去之而后快。无情背义，莫此为甚。"近来时世轻先辈"一句，诗人的愤慨之意由隐趋显，似欲刀刃相向；但续以"好染髭须事后生"，却又化刚为柔，将几欲喷薄而出的"怒骂"转化作自我解嘲式的"嬉笑"。统观全诗，柔中有刚，而又不夺其柔，既见出诗人的不平，更见出诗人的无奈。其命意与措辞，都是极为老到的，典型地体现了刘禹锡后期诗歌创作那种锋芒敛抑、气象老成的特点。

刘禹锡晚年所作闻歌诗著名的还有：

曾随织女渡天河，记得云间第一歌。休唱贞元供奉曲，当时朝士已无多。

——《听旧宫中乐人穆氏唱歌》

二十余年别帝京，重闻天乐不胜情。旧人唯有何戡在，更与殷勤唱《渭城》。

——《与歌者何戡》

大和二年春，由于宰相裴度等荐举，刘禹锡被调回朝廷任主客郎中。但朝中朋党之争、宦官专权又使他感到无法立足。此时此际，诗人挥洒在作品中的往往是世事沧桑、今昔异貌的深沉感慨。穆氏乃宫中歌者，曾供奉掖庭，故有"织女"、"天河"、"云间第一歌"等语。岁月不居，贞元朝士，已稀如星凤，解听《清平》旧调者能有几人？"念昔同游者，而今有几多"（《岁夜咏怀》），可见朝政反覆，与《再游玄都观》诗同义。何戡则二十年前旧人之仅存者，无一人能唱旧曲，情固可伤，犹若可以忘情；此则尚有旧人能唱旧曲，则感触更何以堪！诗人闻唱《渭城》而不胜情，是深感于"无故人"之意。这些诗篇，尽管诗人内心情潮激荡，但宣泄在字里行间时，却显得很有节制。细予品味，诗中所抒发的似乎不仅仅是人生沧桑之感，还有更深层次的东西，只不过严酷的现实环境以及诗人业已嬗变了的美学追求，使他不能、也不愿将其揭破。对于读者来说,这倒是拓宽了想象与寻绎的空间。不用说,诗人在这两首诗中都娴熟地运用了"微言暗讽"的技巧。

酬乐天咏老见示

人谁不顾老,老去有谁怜? 身瘦带频减,发稀帽自偏。废书缘惜眼[1],多灸为随年[2]。经事还谙事[3],阅人如阅川。细思皆幸矣,下此便翛然[4]。莫道桑榆晚[5],为霞尚满天。

[1] 废书:不再看书。

[2] 灸:中医的一种疗法,用艾叶等制成艾炷或艾卷,按穴位烧灼,与针法合称针灸。随:顺应。

[3] 谙事:熟悉事理。《晋书·刑法志》:"故谙事识体者,善权轻重,不以小害大,不以近妨远。"

[4] 翛然:自然超脱的样子。

[5] 桑榆:《淮南子》:"日西垂景在树端,谓之桑榆。"原指日落

前其光照在桑榆树梢,引申为日落处,后用以比拟人的晚年。

开成二年(837),白居易以太子少傅分司东都,作《咏老赠梦得》诗:"与君俱老也,自问老何如? 眼涩夜先卧,头慵朝未梳。有时扶杖出,尽日闭门居。懒照新磨镜,休看小字书。情于故人重,迹共少年疏。唯是闲谈兴,相逢尚有余。"细致刻画了老年人外在的形象和内在的心理特征,隐隐流露出老病见迫、心志已灰的悲观情绪。刘禹锡时亦以太子宾客分司,他与白居易本同年生,这年俱六十六岁,作此诗以答乐天,但在对待老境上,表现了不同的心态。

生老病死是人不可抗拒的自然规律,其时,刘、白同为眼病和足疾所苦,因此,刘禹锡的酬答并不否认老病会使人心力交瘁,也不讳言"顾老"是人之常情。然而,他更辩证地看到了老年人的得天独厚之处:他们阅历丰富,深谙世故。诗人认为,只要想想这些,便能破忧为喜、翛然自乐了。"莫道桑榆晚,为霞尚满天",面对衰老,要用有生之年撒出满天的彩霞,意境优美,格调高昂,大有"烈士暮年,壮心不已"之慨。这两句诗既是诗人内心世界的自我剖白,也是对老友白居易的宽慰和鼓励。胡震亨《唐音癸签》对此称赞说:

> 刘禹锡一生播迁,晚年洛下闲废,与绿野、香山诸老,优游诗酒间,而精华不衰,一时以诗豪见推。公亦有句云:"莫道桑榆晚,为霞尚满天。"盖道其实也。

刘禹锡的"暮歌",有相当数量是与白居易的唱和之作,都表现了迥异于白诗的情调和识见。白居易曾对老友故交之逝而悲苦感伤,刘禹锡作《乐天见示伤微之、敦诗、晦叔三君子,皆有深分,因成是诗以寄》,从对生与死的冷静分析中,悟出了"芳林新叶催陈叶,流水前波让后波"这一新陈代谢的规律。其《赠乐天》有云:"在人虽晚达,于树似冬青。"不以"晚达"为憾,但求身如冬青,沐风栉雨,不改苍翠之色。白居易酬以《代梦得吟》中云"不见山苗与林叶,迎春先绿亦先枯",似有

不胜宦途荣悴之感。于是,刘禹锡又写下《乐天寄重和晚达冬青一篇因成再答》一诗,对老友再致慰勉:

> 风云变化饶年少,光景蹉跎属老夫。秋隼得时凌汗漫,寒龟饮气受泥涂。东隅有失谁能免?北叟之言岂便诬?振臂犹堪呼一掷,争知掌下不成卢?

诗人指出,年少者叱咤风云,老暮者蹉跎光阴,这诚然是一般的规律。但也不尽然,要从不利条件中看到有利的因素:衰秋和寒冬不是反倒为善假于物的雄鹰和神龟提供了翱翔或饮食之便吗?他认识到一个人的挫折和失败是难免的,关键要振作精神,去争取施展抱负的机会,建立起稳操胜券的信心。这番议论确是独具卓见。刘禹锡这种不服老迈、自强不息的精神,发自肺腑的暮歌和他的秋歌、壮歌一样慷慨动人。

忆 江 南[①]

春去也!多谢洛城人。弱柳从风疑举

袂^②,丛兰裛露似沾巾^③。独坐亦含颦^④。

① 题下原有作者自注云:"和乐天春词,依《忆江南》曲拍为
  句。"《忆江南》亦名《望江南》。据《乐府杂录》,《望江南》
  本名《谢秋娘》,李德裕镇浙西,为妾谢秋娘所制,遂改为
  《望江南》。后白居易依调作《忆江南》词,《望江南》也就
  又作《忆江南》了。

② 袂(mèi):衣袖。

③ 裛(yì)露:露珠沾聚在花上。裛,沾湿。

④ 颦(pín):同"颦",皱眉。忧郁不乐的样子。

　　这是一首流溢着淡淡哀愁的春词,作于开成三年
(838)作者以太子宾客分司东都时。或许因为年届老
暮、疾病缠身的缘故,其格调与作者写于壮年的《秋词》
迥异。

　　作品以伤春为基调,首句即漾出一片无可奈何的惜
春之情。姹紫嫣红的春光即将逝去,而作者生命的春天
也早已一去不复返。他有心让春光长在,却又无力挽住

春天的脚步。"春去也",在这貌似平淡的叙述中,融入了作者几多叹惋,几许惆怅?次句"多谢洛城人"笔锋一转,复代春天致辞。却原来春也有情,它既不能久驻,更不忍遽去,只好一往情深地向留恋春光的洛城人殷勤致意。这样着笔,就化平为奇,化直为曲,把惜春之情烘托得格外浓烈,格外深长。三、四句借助细致的观察和丰富的想象,绘就一幅气韵生动的送春画面:柔弱的柳条随风轻摇,不胜依依,恍如一位妙龄女子正挥手举袖与春天作别;而为晶莹的露水所沾湿的丛兰则好似这位少女款款惜别之际泪洒罗巾。这就将惜春之情又向深处拓进了一层:惜春复伤春的岂只是领略过大好春光的洛阳人,那曾经受到春光滋润的"弱柳"和"丛兰"也因"春将归去"而黯然神伤。"木犹如此,人何以堪"。于是,末句变侧面渲染为正面描写,引出一位"独坐亦含嚬"的女子作结。这位女子之所以独坐一隅,紧锁双蛾,自是因为有感于百花萎谢、春意阑珊的缘故。那日渐逝去的春天的足音,叩响了她敏感而又脆弱的心弦,使她忧思郁结,怅触百端,情不自禁地生出韶华易逝、红颜易老的感叹,作者采用"遗貌取神,离形得似"的笔法,不汲汲于对其花容月貌的精细刻画,而着重点染其伤春意绪。"独坐",已使人想见其落寞情怀;"含嚬",更将其愁态明白点出。一个"嚬"字,虽已被古代诗文家用得烂熟,在这里却是传神写照的词眼,它使一篇全活,词的伤春主旨借此披露无遗。

全词情调哀婉,语言工丽,却又不流于绮靡,因而况周颐《餐樱庑词话》称赞它"流丽之笔,下开宋子野、少游一派。唯其出自唐音,故能流而不靡,所谓'风流高格调',岂在斯乎?"

刘禹锡另有《潇湘神》词二首:

> 湘水流,湘水流,九嶷云物至今愁。若问二妃何处所? 零陵香草露中秋。

> 斑竹枝,斑竹枝,泪痕点点寄相思。楚客欲听瑶瑟怨,潇湘深夜月明时。

此调一作"清湘词",写于作者贬居朗州期间。理想受挫的痛苦和无辜被贬的怨愤,使作者"胸中之气,伊郁蜿蜒",发为歌词,遂于感怆中深蕴气骨。这两首词虽为祭祀潇湘神而作,其中却融入了作者自己的深沉情思。潇湘神即湘妃,传说舜南巡死于苍梧,葬于九嶷,其妃娥皇、女英追至,望苍梧而泣,泪洒竹上,留下痕迹斑斑,旋溺于湘水,为湘水之神。作者化用湘妃泣竹的历史传说,以空灵之笔,抒哀怨之情。第一首写二妃魂归湘水,愁满苍梧,标出一个"愁"字。第二首写二妃心恋帝舜,怨诉瑶瑟,标出一个"怨"字。此"愁"此"怨",正是词中不断变奏的主旋律。

这里,不仅历史传说与现实生活已糅合为一,而且作者的主观之情与客观之景也已水乳交融,而具有"象外之致"、"味外之味"可供读者寻绎。全词恰似那清冽的湘水,自然流走,浑然天成。

就体制而言,这两首词尚带有早期词体的特点:虽依曲拍为句,却以七言句式为主,形同绝句而稍加变化。《旧唐书》本传称刘禹锡在朗州时,"蛮俗好巫,每淫祠鼓舞,必歌俚词。禹锡从事于其间,乃依骚人之作,为新辞,以教巫祝"。可知这一词当有所本,作者在制作中虽曾婉其节度,文其辞句,并益以风神,却仍不失民间词调的风味。

始 闻 秋 风①

昔看黄菊与君别②,今听玄蝉我却回③。五夜飕飗枕前觉④,一年颜状镜中来。马思边草拳毛动⑤,雕盼青云睡眼开。天地肃清堪四望⑥,为君扶病上高台。

① 纪昀《瀛奎律髓刊误》:"题下当有脱字,当云始闻秋风寄某人。"是。

② 君:沈德潜《唐诗别裁》:"'君'字未知所谓。"此与第八句之"君"字,非指诗人自己,亦非指秋风,当指李德裕。详下讲评。

③ 玄蝉:黑色的蝉。

④ 飕飗(sōu liú):风吹之声。

⑤ 拳毛:鬃毛卷曲。

⑥ 肃清：犹冷静。嵇康《赠秀才入军》其五："闲夜肃清，朗月照轩。"

　　这首诗约作于开成五年（840）七月为秘书分司东都时。刘禹锡有一篇《秋声赋》，曾唱出同样炽热的心声："骥伏枥而已老，鹰在鞲而有情。聆朔风而心动，眄天籁而神惊。力将痒兮足受绁，犹奋迅于秋声。"与此诗当作于同一时期。《秋声赋序》云："相国中山公赋秋声。""相国中山公"指李德裕。李德裕于开成五年七月奉诏入京拜相（《旧唐书》本传），七月正是秋风始至的时节，"赋秋声"即写作《秋声赋》。由此可知，"君"当指李德裕。刘禹锡与李德裕最后一次分别是在大和三年（829）九月。其时刘禹锡在朝任礼部郎中，李德裕由检校礼部尚书出为郑滑观察使（从吴汝煜说）。九月正是黄菊盛开的季节，故首句实际上是追叙十一年前与李德裕分别的情形。李德裕是裴度所赏识的政治家，刘禹锡对他的政治才干非常钦佩。如今听说李德裕入相，感到分外欣喜。遗憾的是自己已经老病退休，不能共商国事,所以有下三句。然而,"飕飗"而来的秋风,并没有使他悲观颓唐。诗人仍然自托为唯思边草、振鬣欲驰的驹骥和但盼青云、凝眸欲飞的鸷鸟,暗示自己壮心不减、雄风犹在,很想为国家尽力。颈联"英气勃发,少陵操管,不过如是"(沈德潜《唐诗别裁集》),乃是传诵千古的名句。尾联表示对李德裕当政的欢欣与厚望。初秋才至,天地肃清,诗人扶病登台,正有见友人能实现自己梦想的治国大志之意。这里亦显露出刘禹锡用世之志曾未稍衰。

此诗"马思边草"一联,雄词健笔,与早年所唱壮歌、秋歌同一骨干气魄。陆游取其意作《秋声》诗云:"人言悲秋难为情,我喜枕上闻秋声。快鹰下鞲爪觜健,壮士抚剑精神生。"可谓深得刘禹锡诗意。

杨柳枝词九首(选二)①

塞北梅花羌笛吹②,淮南桂树小山词③。
请君莫奏前朝曲,听唱新翻杨柳枝。

① 杨柳枝词：起于汉乐府《折杨柳》曲，又名《柳枝词》，隋唐时为教坊曲名。

② 梅花：指汉乐府横吹曲中的《梅花落》曲，用笛子吹奏（羌笛是笛子的一种），其曲调流行后世。

③ 淮南句：指西汉淮南王刘安的门客小山作的《招隐士》篇，首句是"桂树丛生兮山之幽"，故刘禹锡以"桂树"指代《招隐士》篇。《招隐士》虽篇章短小，但情辞悱恻动人，为后世所传诵。

　　《杨柳枝词九首》是刘禹锡晚年与白居易唱和之作，也是他晚年的得意篇章。民间流行的《杨柳枝词》，多以杨柳为题材托物抒情，曲调新鲜活泼，节奏明快。刘禹锡、白居易翻旧曲作新歌，已不限于歌咏杨柳本意。刘禹锡的《杨柳枝词》通过赞美杨柳，表达了自己独特的思想感受和审美情趣。

　　这是组诗的第一首，可以看作是这组诗的序曲，它鲜明地表现了刘禹锡在文学创作上的革新精神。诗人认为，塞外北方用羌笛吹奏的《梅花落》和西汉淮南小山的辞赋《招隐士》，在当时固然不失为脍炙人口的艺术精品，但"至今已觉不新鲜"。时代更新了，曲调也应当更新，每个人都要勇于自度新曲。"请君莫奏前朝曲"，这正是刘禹锡向同时代的其他诗人发出的创新的呼吁。而"听唱新翻《杨柳枝》"，则是他有意向人们显示自己在文人诗与民歌相结合方面所取得的创造性成果，告诉人们创新不独必要，亦有可能。应当指出，创新是我国历代优秀诗文家的共同主张，而非刘禹锡首倡其说。陆机《文赋》早已提出："谢朝华于已披，启夕秀于未振。"萧子显《南齐书·文学传论》也认为："若无新变，不能代雄。"与刘禹锡同时的韩愈更特别强调："唯陈言之务去"，"惟古于词必己出"。因而，刘禹锡关于创新的一系列论述，诸如"请君莫奏前朝曲，听唱新翻《杨柳枝》"云云，既是对前代固有的创新思想的形象化的阐释，同时也是对领袖群伦的韩愈所高倡的创新口号的一种有力支持和响应。

刘禹锡是一个富于创造性的诗人，在具体的创新主张上，他的一个鲜明的观点就是要"因故沿浊，协为新

声"(《董氏武陵集纪》),继承是创新的前提,创新必然
在继承的基础上进行。要"协为新声",第一步工作是
"因故",从故曲旧调中提取出若干仍然具有艺术生命
力的音符,经过必要的加工改造后,把它融合到"新声"
中去。能认识到这一点,在当时是难能可贵的。他以
《竹枝词》、《浪淘沙词》、《杨柳枝词》为代表的民歌体
乐府诗在唐诗中另辟蹊径、开创新风,正是这种创新理
论所结出的硕果。

    金谷园中莺乱飞①,铜驼陌上好风吹②。
城东桃李须臾尽,争似垂杨无限时。

① 金谷园:西晋贵族官僚石崇在京城洛阳的别墅,园中亭台
   楼阁,金碧辉煌。

② 铜驼陌:陆机《洛阳记》:"汉铸铜驼二枚,在宫南四会道,
   夹路相对。俗语云:'金马门外聚群贤,铜驼陌上集少年。'
   言人物之盛也。"

这是组诗中的第四首。主旨是要指出垂杨比较耐久,胜过"须臾尽"的桃李花。诗人善于以敏锐的思辨能力,抓住人们司空见惯的自然风物,在入木三分的刻画中,提取出其中所蕴含的为人们所忽略的哲理因素,并以之为火花,照亮读者的思维,给他们某一方面的启示。

诗的前两句说,在昔日金谷园和铜驼陌的废墟上,仍有群莺歌舞,东风骀荡,这一衰败中隐藏生机的景象,是诗人新陈代谢、发展因革思想的投影,它与《故洛城古墙》中的"莫言一片危基在,犹过无穷往来人",表达了同样的哲理。后两句宕回本题,通过对"垂杨"和"桃李"的褒贬,亮出自己带有哲理意味的审美认识。诗人认为,垂杨没有桃李那惊人的艳丽,也从来无心哗众取宠,独占春光,在阳春三月,它也许不怎么为人们所注意。然而,一旦暮春来临,桃李便凋谢殆尽,只有它依然迎风伫立,永葆青翠,使人们时时看到生命的绿色。诗人力图以此来说明只有不慕荣利的人才经得起时间的考验。诗中垂杨的形象,正是诗人的自我写照。后来,宋代著名词人辛弃疾《鹧鸪天》词"城中桃李愁风雨,春在溪头荠菜花",与这首诗三、四句语殊而意同,或许脱胎于此。

组诗的第二首同样将"垂杨"与"桃李"并提,而表达了另一番意味:

> 南陌东城春早时,相逢何处不依依。桃红李白皆夸好,须得垂杨相发挥。

在这首诗中,诗人告诉我们的哲理是:生活中的美是相辅相成、互生互济的;"红花虽好,尚须绿叶扶持"。这一哲理是通过对杨柳的形象描写阐发的。诗人化用《诗经·小雅·采薇》"昔我往矣,杨柳依依"句意,写出了早春垂杨摇曳东风、不胜依依的柔美情态,并将它置于姹紫嫣红的环境中,让它翠绿的枝叶与红艳的桃花、素白的李卉相互辉映,共同构成美丽的春光;然后即景议论,逼出一篇之正意:"桃红李白皆夸好,须得垂杨相发挥。"是啊,如果失去绿杨默默的映衬,那"桃红李白"的景色该显得多么单调啊!推而广之,生活中又有什么事物能不与其他事物发生联系、相互作用呢？这里，情、景、理三者已融合为一。这样的作品是情韵、理趣兼备的，读者既能感受到它的诗意美，也能感受到它的哲理美。

白居易

导　　言

　　白居易是唐代存诗最多的一位诗人，他的诗歌流传到现在的有三千多首。他也是唐代继李白、杜甫之后最杰出的一个诗人。

　　白居易的思想带有浓厚的儒佛道三家杂糅的色彩，而"达则兼济天下，穷则独善其身"，是他一生真正信奉、并且在实践中贯彻的处世原则与人生哲学。

　　"文章合为时而著，歌诗合为事而作"，这是白居易在诗歌理论上的特殊建树。诗歌应该密切结合时事，为现实、政治服务，起到"补察时政，导泄人情"的作用；诗歌创作内容上的一项主要任务就是要做到"歌生民病"、"伤民病痛"。这种主张客观上对文学更接近人民、更能反映人民的生活疾苦和愿望有着积极的作用，无疑也提高了文学的社会讽谕功能。它的出现并非偶然，一方面是对自孔子以来儒家文艺观中关注现实的观点的继承和发展，是对《诗经》之后现实主义诗歌创作经验（当然也包括白居易的讽谕诗创作经验）的总结；另一方面，更重要的是受到时代因素的巨大影响。贞元、元和之际，唐王朝在长期动乱之后曾经出现过一个相对稳定的局面，特别是唐宪宗即位后，政治、军事等方面都显露一些"中兴"的气象，给当时一些中下层文人带来某些希望。但同时，又仍然问题成堆，社会矛盾复杂。因此，以白居易、元稹等人为代表，企图利用诗歌这种当时最普及的文艺形式来干预社会政治生活，揭露社会矛盾，促进政治改良。白居易的现实主义理论正是在这样一个时代条件下产生的。持这种主张的还有其挚友元稹。他们不但有理论，而且有意识、有计划地创作了大量反映社会问题，揭露政治弊端的乐府诗。在他们周围，还有张籍、王建、李绅等一批诗人，也创作了相当多的这类乐府诗，结果就形成一种共同的创作倾向，一种以新题（或古题）乐府反映时事的风尚，这就是文学史上通常所说的"新乐府运动"。白居易用自己的诗歌理论和《新乐府》《秦中吟》等诗歌实践推进了现实主义诗歌的创作，并为此做出了独特贡献。在描写现实、关怀国事民生上，白居易是堪与杜甫比肩的伟大诗人。

《长恨歌》《琵琶行》是白居易叙事诗的杰出代表，它们在故事的曲折完整、描写的细致生动和抒情气氛的浓郁等方面，都有突出成绩，都显示了中国古代文人叙事诗所达到的艺术高度，体现出古代叙事诗鲜明的民族特色。并且在中国封建时代文学由雅到俗的转变、由封建士大夫正统文学到市民文学的转变、由抒情到叙事的转变过程中，起到了无可替代的昭示作用。

白居易在晚年自撰的《醉吟先生墓志铭并序》中说："凡平生所慕、所感、所得、所丧、所经、所遇、所通，一事一物已上，布在文集中，开卷而尽可知也。"他创作的大量诗篇，扩大了古典诗歌的题材，开拓了古典诗歌的意境。"前不照古人样，后不照来者议。意到笔随，景到意随，世间一切都着并包囊括入我诗内。诗之境界，到白公不知开扩多少。"（明江进之《雪涛小书》）正如诗人自己所言："诗到元和体变新。"（《余思未尽加为六韵重寄微之》）中唐诗歌能踵武开、天而再盛，白居易的创作是其中的一个显著标志。

白居易还开创了平易畅达、通俗易懂的诗歌风格。宋释惠洪《冷斋诗话》记白居易写诗的传说："白乐天每作诗，令一老妪解之。问曰：解否？妪曰解，则录之；不解，则易之。"实则如宋张耒所云："世以乐天诗为得于容易，而未尝于洛中一士人家，见公诗草数纸，点窜涂抹，及其成篇，殆与初作不侔。"（《诗人玉屑》引）"看似寻常最崎岖，成如容易却艰辛"，王安石评张籍诗之语完全可以移于白诗。赵翼《瓯北诗话》说："中唐诗以韩孟、元白为最。韩、孟尚奇警，务言人所不敢言；元、白尚坦易，务言人所共欲言。"又说："坦易者多触景生情，因事起意，眼前景、口头语，自能沁人心脾，耐人咀嚼。"刘熙载《艺概·诗概》亦云："常语易，奇语难，此诗之初关也；奇语易，常语难，此诗之重关。香山用常得奇，此境良非易到。"以平畅浅切的语言进行诗歌创作，从而取得杰出的成就，白居易确是第一人。在中唐，以韩愈为代表的奇警诗派和以白居易为代表的通俗诗派，同样都为诗歌艺术的发展作出过巨大的贡献。

"文场供秀句，乐府待新词。天意君须会，人间要好诗。"（《读李杜诗集因题卷后》）这是白居易读李、杜诗集得出的真切感受，其实，他这位被张为《诗人主客图》奉为"广大教化主"的诗人，在当时就产生了巨大的影响，"自长安抵江西三四千里，凡乡校、佛寺、逆旅、行舟之中，往往有题仆诗者。士庶、僧徒、孀妇、处女之口，每每有咏仆诗者"（《与元九书》）。"自篇章以来，未有如是流传之广者"（元稹《白氏长庆集序》）。据说鸡林国的宰相搜求白居易的诗歌，每以百金换一篇，如有假冒的，立刻就能辨认出来。其诗文在日本也极负盛名，平安朝诗歌发展，就受到了白居易的直接影响。今天，白居易已成为世界上的著名诗人之一，他的诗歌已被翻译成多种文字，在各国人民中间享有盛誉。

白居易文学上主要成就在诗，文名为诗名所掩。《旧唐书·元稹白居易传》云："元之制策，白之奏议，极文章之壸奥，尽治乱之根荄。"这是对元、白制议之文的高度评价。白居易的《策林》与《论制科人状》等即为代表。著名的《与元九书》不但是中国诗歌史上的一篇重要文献,而且完全向读者坦露出自己的身世情感、理想性格,融议论、叙述、抒情为一体,历来传诵。其他如《草堂记》、《冷泉记》、《荔枝图序》等写景、记游、记事之作,简洁隽永,堪称名篇。中唐古文运动中韩愈倡导"文从字顺各识职"(《南阳樊绍述墓志铭》)的新体古文,白居易平易流畅的文风正与之相呼应。

"刘、白二尚书继为苏州刺史,皆赋杨柳枝词,世多传唱。"(薛能《杨柳枝》自注)白居易与刘禹锡志同道合,都是民歌、歌词热心的仿制者。白有《花非花》、《忆江南》、《长相思》等,刘、白相合,中唐之时可谓词体大备;而从当时文人词的艺术实践看,白词则确有超出刘词之处。对词的兴盛和发展起了重要促进作用,从此"为词者甚众,文人才子各衒其能"(洪迈《容斋随笔》卷七)。

为了照顾到选篇的均衡,本编以白居易任左拾遗前作品为一期,任左拾遗、翰林学士时为一期,贬江州、忠州时为一期,此后为一期。在诗歌编年及史实考证上多参考朱金城先生成果,而讲评中亦曾融通众说,未能一一注明,敬希谅解。因篇幅所限,白居易的文、赋等不再选入。

一、十年之间　三登科第(772—806)

　　白居易(772—846)，字乐天，晚年自号香山居士，又号醉吟先生。原籍太原，祖上迁居下邽(今陕西渭南县)。他诞生于郑州新郑县，在新郑生活到十一岁。白居易生有夙慧，据他自述，六七个月时，即能默识"之"、"无"二字，百指不差。五六岁时便学做诗，九岁时就谙识声韵(《与元九书》)，十岁开始读书(《朱陈村》)。

　　白居易少年时代是在动乱的环境中度过的，期间两河藩镇屡屡叛乱，相继称王，甚至还发生了朱泚占据长安称帝、德宗出逃奉天的大事。直到贞元元年(785)，动乱局面才得平定。建中二年(781)，淄青乱镇李正己死，子李纳自领军务，居易父彭城令白季庚劝说李纳从兄李洧以徐州归顺，李纳遣军二万攻徐州，"徐州无兵，公（季庚）收合吏民，得千余人，与李洧坚守城池，亲当矢石，昼夜攻拒，凡四十二日，而诸道救兵方至"。大败淄青兵，江淮漕运始通，徐州一郡七邑及埇口三城得以保全，"实李洧与公之力也"（《襄州别驾府君事状》）。这年白居易十岁，父亲抗击乱藩、尊王忠君的忠勇行为给他留下了深刻的印象，对他用时精神的养成产生了持久而积极的影响。

贞元四年（788），白居易因父官衢州别驾而得以往游吴越，时韦应物为苏州太守，房孺复为杭州太守，"韦嗜诗，房嗜酒，每与宾客一醉一咏，其风流雅韵多播于吴中，或目为诗、酒仙。"居易虽"幼贱不得与游宴，尤觉其才调高而郡守尊"（《吴郡诗石记》）。贞元五年，韦应物于郡斋与诸文士宴集，名诗人顾况与宴唱酬。这些著名的前辈诗人、进士对白居易年轻的心灵产生了巨大的震撼，在某种程度上决定了他的发展方向。从此，白居易"始知有进士，苦节读书"；他后来对韦应物曾盛加赞誉："近岁韦苏州歌行，才丽之外，颇近兴讽。其五言诗又高雅闲淡，自成一家之体。今之秉笔者，谁能及之！"
（《与元九书》）"常爱陶彭泽，文思何高玄。又怪韦江
州，诗情亦清闲。"（《题浔阳楼》）在平淡诗风上，白、陶
异代同调，而韦诗正是他们中间的重要桥梁。

贞元十年（794），居易父卒于襄州官舍，母亲企盼
居易兄弟能学茂德馨，振藻彤庭，"亲执诗书，昼夜教
导，恂恂善诱，未尝以一呵一杖加之"（《襄州别驾府君
事状》）。他由此更加苦学力文，"昼课赋，夜课书，间又
课诗，不遑寝息"，以至于"口舌成疮，手肘成胝"（《与元
九书》）。贞元十五年（799），终为宣城所贡，次年应进
士试而一举成名。三十二岁，应拔萃科考试，入甲等，授
秘书省校书郎。宪宗元和元年（806）四月，参加制举
"才识兼茂明于体用科"试，入第四等，调补盩厔（今陕
西省周至县）县尉。"十余年间，诸子皆以文学仕进，官
至清近，实夫人慈训所致也。"将自己"十年之间，三登
科第"归功于母亲的训导，可见他对慈母的感情是多么
深厚。

"乐天深于诗，多于情者也"，这是友人王质夫对他

的评价,白居易亦自诩是"情所钟者"(《祭符离六兄文》),他与湘灵那段"两心之外无人知"(《潜别离》)的悲剧经历,有如春梦朝云长萦心头,因此在诗篇中总给那些失宠、幽闭及婚姻情感不幸的女子以一种特别的同情。"由来君臣间,宠辱在朝暮。……归去卧云人,谋身计非误"(《寄隐者》),任校书郎时目睹"永贞革新"失败,韦执谊等被贬,他体会到仕途艰险的宦情。"不为同登科,不为同署官。所合在方寸,心源无异端"(《赠元稹》),此时他开始了与元稹情逾金石的友情。早年丐米索衣于邻郡的贫困生活,以及盩厔任上的收税课调,他也真诚地感喟"嗷嗷万族中,唯农最辛苦"(《夏旱》)的民情。

以"野火烧不尽,春风吹又生"而赢得顾况的击节称赏,留下了"道得个语,居即易"的美誉,他的诗才得到了前辈诗人的充分肯定。"一篇《长恨》有风情",童子解吟、使歌妓增价的《长恨歌》更奠定了他在文学史上不朽的地位。白居易三十五岁步入诗坛未久,而有如此创作成就,方之李、杜,亦可谓毫无愧色。

赋得古原草送别①

离离原上草②，一岁一枯荣。野火烧不尽，春风吹又生。远芳侵古道，晴翠接荒城③。又送王孙去，萋萋满别情④。

① 赋得：古代凡按规定题目作诗，照例在题上加"赋得"二字。

② 离离：繁茂的样子。《诗·王风·黍离》："彼黍离离。"张衡《西京赋》："朱实离离。"

③ 远芳：指春草的一望无际。晴翠：说春草在阳光下泛出青翠之色。

④ 又送二句：《楚辞·招隐士》："王孙游兮不归，春草生兮萋萋。"这里化用其意写送别。王孙，泛指远行的友人。

唐张固《幽闲鼓吹》："白尚书应举，初至京，以诗谒著作顾况。顾睹姓名，熟视白公，曰：'米价方贵，"居"亦弗"易"！'乃披卷，首篇曰：'离离原上草……春风吹又生。'即叹赏曰：'道得个语，"居"即"易"矣。'因为之延誉,声名大振。"据考证,白居易应举时不可能在长安与顾况相遇,顾况贞元五年(789)被贬饶州司户参军,与苏州太守韦应物相往还。其时居易因父官衢州,得游吴越,袖诗往谒大诗人顾况当在情理之中。

自从《楚辞·招隐士》将春草与离思联系起来以后,如江淹《别赋》:"春草碧色,春水绿波。送君南浦,伤如之何?"李白《劳劳亭歌》:"金陵劳劳送客堂,蔓草离离生道旁。"《金陵歌送别范宣》:"此地伤心不能道,目下离离长春草。"春草成了离情别意的一种象征。白居易从传统的写法中创出了新意,这就是用"枯荣"来绾合物性(春草)与人事(别情)。首联由春草想到其物性的"枯荣",颔联即赋予"枯荣"以生生不息的鲜明形象,颈联专从"荣"处写古原草的劲健旺盛,尾联再乘势归到送别。因为有物性之"荣"的铺垫,别情自然落到人事聚散之"荣",充满着对未来强烈期望,故对人生的离合并无特别的伤感,很有点盛唐诗的味道。但那种富于理趣的意境,则预示了白居易近体诗的发展方向。

由于这是白居易的成名之作,"野火烧不尽,春风吹又生"又最为警策,有很多人都忙着为这两句找渊源,如认为出自"落花扫更合,兰丛摘复生"(刘令娴),"林花扫更落,径草踏还生"(孟浩然),"海风吹不断,江月照还空"(李白),"春入烧痕青"(刘长卿)等等。然而,这只能证明白居易在汲取传统方面的出蓝之妙,它表现了青年诗人那种独有的风致。顾况的赏叹与张说褒奖王湾的"海日生残夜,江春入旧年"一样,有着惊人的相似。它预示着白居易未来的诗才。

自河南经乱关内阻饥兄弟离散各在一处望月有感聊抒所怀寄上浮梁大兄於潜七兄乌江十五兄兼示符离及下邽弟妹①

时难年荒世业空②,弟兄羁旅各西东。田园寥落干戈后,骨肉流离道路中③。吊影分为千里雁④,辞根散作九秋蓬⑤。共看明月应垂泪,一夜乡心五处同⑥。

① 河南经乱、关内阻饥:据《旧唐书·德宗纪》,建中三年十
月,李希烈叛。四年正月,陷汝州,东都震恐。同年十月,
长安泾原兵变,德宗奔奉天,泾原兵奉朱泚为帝。十二月,
李希烈攻陷汴州。兴元元年秋,关中大饥,民蒸蝗虫而食
之。关内,关内道,唐代行政区划之一,辖今陕西省中部、北
部及甘肃部分地区。浮梁大兄:居易之长兄幼文,贞元十四
五年间作浮梁(今属江西)主簿。於潜七兄:居易之从兄,曾
官於潜(今杭州临安县)尉。乌江十五兄:居易之从兄白逸,
时为乌江(今安徽和县)主簿,卒于贞元十七年。符离:唐属
徐州,今安徽宿县。白居易父白季庚在此为官多年,又有从
兄任符离主簿。下邽:唐县名,在今陕西渭南县境。自白居
易曾祖开始,白氏世代居住于此,故为其真正的故乡。

② 世业:泛指祖先遗留下来的产业。

③ 骨肉流离:《诗经·唐风·杕杜》序:"骨肉离散,独居而无
兄弟。"父母、子女以及兄弟之间有血缘关系的都叫作骨肉
之亲。

④ 吊影句:古人以"雁行"比拟兄弟,此处说兄弟分散,有如失

群的孤雁，只能形影相吊。

⑤ 辞根句：曹植《杂诗》其二："转蓬辞本根，飘摇随长风。"蓬草在深秋随风飘散，后以喻迁徙飘零。

⑥ 一夜句：指浮梁大兄、於潜七兄、乌江十五兄、符离弟妹和在洛阳的居易兄弟共同思念故乡下邽。

据朱金城先生考证，贞元十五年（799），诗人居住在洛阳侍奉母亲，中宵望月，引起了他对故乡下邽的思念之情，写下了这首七律名篇。首联回忆河南兵乱、关内饥荒、因而兄弟离散的惨景。颔联上句承首句，续写"时难年荒"；下句承次句，描绘骨肉分离。前半直叙流离之苦。颈联以千里雁分、九秋蓬散缴足第四句，而"吊影"、"辞根"则暗转下面的"看月"与"乡心"。尾联折到望月，一语总摄，笔有余情。"一夜乡心五处同"，在望月思乡怀人的题材中以表达独特而为人称道，而在白居易诗中却并非仅见，类似的如"怜君独向涧中立，一把红芳三处心"、"我厌宦游君失意，可怜秋思两心同"、"眇然三处心，相去各千里"等，可以合看。

这首诗代表了诗人早期七律的风格,形象鲜明,语言流畅,情意自肺腑流出。一气呵成,明白如话,不见句法字法之迹。查慎行评杜甫《闻官军收河南河北》诗云:"由浅入深,句法相生,自首至尾一气贯注。似此章法,香山而外,罕有其匹。"(《杜诗集评》)实际上已说明了白诗承传关系与此诗的独特风格。

邯郸冬至夜思家^①

邯郸驿里逢冬至,抱膝灯前影伴身。想得家中夜深坐,还应说著远行人。

① 邯郸:今河北邯郸市。冬至:二十四节气之一,约相当于阳历十二月二十二日或二十三日。

这首诗约作于贞元二十年(804)。白居易另有《冬至夜》诗云:"一年冬至夜偏长。"处于北半球的中国,一年之中以冬至这一天昼最短、夜最长。唐代的冬至是个重要的节日,朝廷放假,民间互赠饮食,穿新衣,贺节,一切和元旦相似。冬至佳节来临,诗人却是客里逢单,度过长夜,"抱膝灯前影伴身",活现出孤子的情状,"思家"二字已暗寓其中。三、四两句正面写"思家",妙在从眼前实境翻转出想象的境界,自己思家,却说深夜家人正在思念着自己,透过一层来写,这与王维的"遥知兄弟登高处,遍插茱萸少一人"同一作法,表达的感情同样真挚深厚。

这种善于从对面写来的笔法,白居易后来一直都在运用,创作出了许多情深语挚的诗句,如《初与元九别后忽梦见之及寤而书忽至》:"以我今朝意,想君此夜心。"《江楼月》:"谁料江边怀我夜,正当池畔思君时。"《望驿台》:"两处春光同日尽,居人思客客思家。"《客上守岁柳家庄》:"故园今夜里,应念未归人。"

长 恨 歌

汉皇重色思倾国①,御宇多年求不得②。杨

家有女初长成③,养在深闺人未识。天生丽质
难自弃,一朝选在君王侧。回眸一笑百媚生,
六宫粉黛无颜色④。春寒赐浴华清池⑤,温泉
水滑洗凝脂⑥。侍儿扶起娇无力⑦,始是新承
恩泽时⑧。云鬓花颜金步摇⑨,芙蓉帐暖度春
宵。春宵苦短日高起,从此君王不早朝。承欢
侍宴无闲暇,春从春游夜专夜。后宫佳丽三千
人,三千宠爱在一身。金屋妆成娇侍夜,玉楼
宴罢醉和春⑩。姊妹弟兄皆列土,可怜光彩生
门户⑪。遂令天下父母心,不重生男重生女⑫。
骊宫高处入青云⑬,仙乐风飘处处闻。缓歌慢
舞凝丝竹⑭,尽日君王看不足。渔阳鼙鼓动地
来⑮,惊破霓裳羽衣曲⑯。九重城阙烟尘生⑰,
千乘万骑西南行。翠华摇摇行复止⑱,西出都
门百余里⑲。六军不发无奈何,宛转蛾眉马前
死⑳。花钿委地无人收,翠翘金雀玉搔头㉑。
君王掩面救不得,回看血泪相和流。黄埃散漫

风萧索,云栈萦纡登剑阁㉒。峨嵋山下少人行㉓,旌旗无光日色薄。蜀江水碧蜀山青,圣主朝朝暮暮情。行宫见月伤心色㉔,夜雨闻铃肠断声㉕。天旋日转回龙驭㉖,到此踌躇不能去。马嵬坡下泥土中,不见玉颜空死处㉗。君臣相顾尽沾衣,东望都门信马归㉘。归来池苑皆依旧,太液芙蓉未央柳㉙。芙蓉如面柳如眉,对此如何不泪垂。春风桃李花开日,秋雨梧桐叶落时。西宫南苑多秋草㉚,宫叶满阶红不扫。梨园弟子白发新㉛,椒房阿监青娥老㉜。夕殿萤飞思悄然,孤灯挑尽未成眠㉝。迟迟钟鼓初长夜,耿耿星河欲曙天。鸳鸯瓦冷霜华重㉞,翡翠衾寒谁与共㉟。悠悠生死别经年,魂魄不曾来入梦。临邛道士鸿都客㊱,能以精诚致魂魄。为感君王辗转思,遂教方士殷勤觅。排空驭气奔如电,升天入地求之遍。上穷碧落下黄泉㊲,两处茫茫皆不见。忽闻海上有仙山,山在虚无缥缈间。楼阁玲珑五云起^㊳，其中绰约多仙子^㊴。中有一人字太真^㊵，雪肤花貌参差是^㊶。金阙西厢叩玉扃^㊷，转教小玉报双成^㊸。闻道汉家天子使，九华帐里梦魂惊^㊹。揽衣推枕起徘徊，珠箔银屏逦迤开^㊺。云鬓半偏新睡觉，花冠不整下堂来。风吹仙袂飘飘举，犹似霓裳羽衣舞。玉容寂寞泪阑干^㊻，梨花一枝春带雨。含情凝睇谢君王^㊼，一别音容两渺茫。昭阳殿里恩爱绝^㊽，蓬莱宫中日月长^㊾。回头下望人寰处，不见长安见尘雾。唯将旧物表深情^㊿，钿合金钗寄将去^{�51}。钗留一股合一扇，钗擘黄金合分钿⁵²。但教心似金钿坚，天上人间会相见。临别殷勤重寄词，词中有誓两心知。七月七日长生殿⁵³，夜半无人私语时。在天愿作比翼鸟⁵⁴，在地愿为连理枝⁵⁵。天长地久有时尽，此恨绵绵无绝期。

① 汉皇：借汉武帝指唐玄宗。倾国：美女的代称。汉李延年曾有诗："北方有佳人，绝世而独立。一顾倾人城，再顾倾人国。"

② 御宇：御临宇内，即统治全国。

③ 杨家有女：指杨玉环。本蜀州司户杨玄琰之女，自幼由叔父养大，开元二十三年（735），册封为寿王（玄宗之子李瑁）妃。开元二十五年，武惠妃死，后宫中无中玄宗意者，或言杨氏资质天挺，遂召纳禁中。开元二十八年，命杨自请出家为女道士，号太真。另聘韦昭训女为寿王妃。天宝四载（745），正式册封杨玉环为贵妃。作者为了表达主题的需要，改动了历史事实。

④ 六宫粉黛：指宫内所有嫔妃。无颜色：指与贵妃相比，她们都黯然失色。

⑤ 华清池：唐华清宫的温泉浴池，在今陕西临潼县南骊山上，开元中建温泉宫，天宝时改名华清宫。

⑥ 凝脂：形容女子白嫩柔滑的肌肤。《诗·卫风·硕人》："肤如凝脂。"

⑦ 侍儿：指侍女。

⑧ 新承恩泽：开始得到玄宗的宠爱。

⑨ 金步摇：一种首饰。用金银丝制作成花枝形状，上面垂挂珍珠，步行时摇动，故名。

⑩ 金屋二句：金屋，《汉武故事》：汉武帝幼时，他的姑母指着自己的女儿阿娇问他是否喜欢，他说："若得阿娇作妇，当以金屋贮之。"金屋、玉楼，皆指宫中华美的房屋。

⑪ 姊妹弟兄二句：杨玉环被册封为贵妃后，大姐封韩国夫人，三姐封虢国夫人，八姐封秦国夫人，叔伯兄弟杨铦、杨锜、杨钊都封官晋爵，杨钊后来还作了右丞相（即杨国忠）。列土，列土封侯。可怜，有可羡之意。

⑫ 遂令二句：杨妃得宠，杨家显赫后，当时有歌谣说："生女勿悲酸，生男勿喜欢。""男不封侯女作妃，看女却作门上楣。"

⑬ 骊宫：指骊山上的华清宫。

⑭ 凝丝竹：舒缓的管弦丝竹之声。

⑮ 渔阳句：指天宝十四载（755）十一月安禄山反于范阳。渔阳，唐范阳节度使所辖八郡之一，这里泛指安禄山盘踞的范阳一带。鼙鼓，骑兵用的小鼓。

⑯ 《霓裳羽衣曲》：唐代著名舞曲，本名《婆罗门曲》，开元中，西凉节度使杨敬述所献，后经玄宗润色，并制作歌词。杨玉环进见时，曾奏此曲。

⑰ 九重城阙：指京城长安。《楚辞·九辩》有"君之门九重"句。

⑱ 翠华：用翠鸟羽毛装饰的旗子，指皇帝的仪仗。

⑲ 西出都门句：指到了马嵬驿。马嵬在长安西百余里，今陕西兴平县。

⑳ 六军不发二句：六军，护卫皇帝的羽林军。蛾眉，美貌的女子。《诗·卫风·硕人》："螓首蛾眉。"这里指杨贵妃。陈玄礼率领的羽林军走到马嵬，就停下来不肯前进，迫使玄宗先杀杨国忠，后又命杨贵妃自杀，二句即写此事。

㉑ 花钿二句：花钿，用金翠珠宝制成花朵形的首饰。翠翘、金雀，都是钗名。玉搔头，即玉簪。两句实为一句拆开，意谓花钿、翠翘、金雀、玉搔头委地无人收。

㉒ 云栈：高入云霄的栈道。栈道是在山岩间用人工架起木石做成的道路。剑阁：剑门关，在今四川剑阁北。

㉓ 峨嵋山：在今四川峨嵋县境。玄宗由长安到成都，并不经过峨嵋山，这里泛指蜀地高山。

㉔ 行宫：皇帝出行时住的地方。

㉕ 夜雨句：郑处诲《明皇杂录》补遗："明皇既幸蜀，西南行，初入斜谷，属霖雨涉旬，于栈道雨中闻铃音，与山相应。上

既悼念贵妃,采其声为《雨霖铃》曲,以寄恨焉。"这句暗咏其事。

㉖ 天旋日转句:唐肃宗至德二载(757)九月,郭子仪收复长安,十二月玄宗回京。天旋日转,指局势扭转。龙驭,皇帝的车驾。

㉗ 空死处:空见死处,"见"字承上省略。

㉘ 信马归:听任马儿归去。

㉙ 太液:汉建昌宫北池名。未央:汉代宫名。此以汉代唐,泛指唐代宫殿池苑。

㉚ 西宫:太极宫。南苑:兴庆宫。玄宗回京后先住在兴庆宫,后迁太极宫。

㉛ 梨园弟子:唐玄宗曾经挑选教坊乐师三百人和宫女数百人,亲自在梨园执教,称"皇帝梨园弟子"。

㉜ 椒房:用椒和泥涂壁的宫殿,后妃所居。阿监:宫中女官。青娥:指年轻貌美的宫女。

㉝ 孤灯句:古代宫中夜间燃烛,不点油灯。这里形容玄宗晚境凄凉,并非实写。

㉞ 鸳鸯瓦:俯仰嵌合成对的瓦。

㉟ 翡翠衾:绣有翡翠鸟图案的被子。

㊱ 临邛：今四川邛崃县。鸿都：后汉首都洛阳的宫门名，这里借指长安。

㊲ 碧落：道家称天界为碧落。

㊳ 五云：五色云彩。

㊴ 绰约：轻盈柔美的样子。

㊵ 太真：杨玉环在宫中度为女道士时，道号太真。

㊶ 参差：这里是大约、仿佛的意思。

㊷ 金阙：金碧辉煌的神仙宫阙。扃：门户。

㊸ 小玉：传说中吴王夫差的女儿，后来成仙。双成：传说中西王母的侍女。这里把小玉和双成作为杨玉环在仙山上的侍女。两句形容仙山楼阁重深，须辗转通报。

㊹ 九华帐：最富丽华美的帷帐。

㊺ 珠箔：用珍珠穿成的帘箔。银屏：镶嵌银丝花纹的屏风。

㊻ 阑干：纵横貌。这里形容泪水纵横。

㊼ 凝睇：定睛凝视。

㊽ 昭阳殿：汉代赵飞燕所居宫殿，这里借指贵妃生前住过的宫殿。

㊾ 蓬莱宫：传说中海上仙山的宫殿。

㊿ 旧物：指生前和玄宗定情的信物，即下文中的钿合、金钗。

(51) 钿合：用珠宝镶嵌的一种首饰，两片相合而成。一说是镶嵌珠玉的金盒。

(52) 钗留一股二句：自己将金钗留下一股，钿合留下一扇；将擘开的另一半寄给君王。擘，用手分开。

(53) 长生殿：唐宫殿名，在骊山华清宫内。

(54) 比翼鸟：传说中一种雌雄并翅而飞的鸟。

(55) 连理枝：两树的枝干联结在一起。

《长恨歌》写于元和元年（806）十二月，陈鸿《长恨歌传》提到这首诗的写作经过，白居易、王质夫与陈鸿三人"暇日相携游仙游寺，话及此事，相与感叹。质夫举酒于前曰：'夫希代之事，非遇出世之才润色之，则与时消没，不闻于世。乐天深于诗、多于情者也，试为歌之，如何？'乐天因为《长恨歌》。"所谓"希代之事"，就是《长恨歌传》与《长恨歌》中所叙所咏的、经过民间流传加工改造了的李、杨爱情悲剧故事。这一故事在流传过程中受到了群众心理的影响（包括对开天盛世的理想化及对开创盛世的风流天子的同情），从而具有浓郁的人情味。我们可以看到，艺术不等于历史，白居易笔下的李、杨形象与历史人物原型并不相同。李、杨关系在作品中不仅仅是个中心线索，而且是它的全部内容。整首诗就是写李、杨爱情悲剧的发生发展、前因后果，"渔阳鼙鼓"和"九重城阙烟尘生"、"六军不发"这些历史现象或事件，在诗中仅仅是爱情悲剧的一种背景，而不是作者所要着意表现的内容。

《长恨歌》从"马嵬事变"开始，李、杨爱情悲剧场面已经正式展开，以下所写，无论是现实或幻想的境界，无非是对这场悲剧主人公生死不渝的深情的进一步抒写和对"长恨"这个题旨的进一步突出。在此之前，如"杨家有女初长成，养在深闺人未识。天生丽质难自弃，一朝选在君王侧"，通过对杨妃入宫史实的改造与取舍，通过"净化"、"淡化"、"美化"诗中李、杨的形象，使他们成为令人同情、赞颂的角色。而如"汉皇重色思倾国"、"春宵苦短日高起，从此君王不早朝"、"姊妹兄弟皆列土，可怜光彩生门户"、"骊山高处"四句陡接"渔阳鼙鼓动地来，惊破《霓裳羽衣曲》"等，诗人一方面铺叙李、杨的欢爱,李对杨的恩宠,另一方面,从这些行动如何导致了他们自身爱情悲剧的角度,对其也作了带有惋惜的隐讽与批评。但这种非常有限的批评,既不构成对李、杨的政治批判,也不会影响对他们真挚专一爱情的肯定与赞颂,不会影响人们对李、杨爱情悲剧的同情。

白居易歌咏李、杨爱情,对它抱同情赞颂态度,主要是要表达一种生死不渝、忠贞专一的爱情理想。"情之所钟,为帝王家罕有",这种深挚的爱情在帝妃之间越是特殊(即"希代之事"),从人性、人情的角度看,就越显得可贵。这种理想化的描写可能跟诗人自己的爱情生活体验有关,但更重要的是受时代思想文化潮流的影响,"一篇《长恨》有风情",它反映了中唐正在兴起的市民阶层的思想意识与审美情趣。

李、杨爱情悲剧,不同于焦仲卿与刘兰芝、梁山伯与祝英台、白娘子与许仙、贾宝玉与林黛玉的爱情悲剧,后面这些悲剧,都是因封建礼教、封建婚姻制度乃至整个封建制度所造成的,而李、杨的爱情悲剧,既非封建婚姻、封建礼教所造成,也很难归咎于某个奸相如安禄山、杨国忠,当然更不能归咎于"六军不发"的首领陈玄礼。他们的悲剧根源就在于过度沉溺于欢爱,到了"从此君王不早朝"的程度,结果也就必然会引起"渔阳鼙鼓动地来",导致生离死别的悲剧结局。占了情场,误了朝纲,又反过来毁灭了爱情。从抽象意义上说,《长恨歌》所描写的是一曲因为爱得太过分、太出格而引起的悲歌,又是一曲不顾爱情的社会影响而引起的悲歌。因此,为了维护爱情的永恒,必须把爱情控制在适当的范围内,摆在适当的位置上。这就是《长恨歌》的"长恨"和这个悲剧给人的反省与启迪。

《长恨歌》具有完整曲折的故事情节,在委曲动人的叙事中又伴以浓郁的抒情,采用景物烘托人物心理,语言顺适惬当,音调优美和谐,沁人心脾,与后来《琵琶行》一起代表了中国古代文人长篇叙事诗的最高成就。

元和四年,白居易创作《新乐府》五十首,其中《李夫人》诗可和《长恨歌》相参证:

> 汉武帝,初丧李夫人。夫人病时不肯别,死后留得生前恩。君恩不尽念未已,甘泉殿里令写真。

丹青画出竟何益？不言不笑愁杀人。又令方士合灵药，玉釜煎炼金炉焚。九华帐深夜悄悄，反魂香降夫人魂。夫人之魂在何许？香烟引到焚香处。既来何苦不须臾，缥缈悠扬还灭去。去何速兮来何迟？是耶非耶两不知。翠蛾仿佛平生貌，不似昭阳寝疾时。魂之不来君心苦，魂之来兮君亦悲。背灯隔帐不得语，安用暂来还见违。伤心不独汉武帝，自古及今皆若斯。君不见穆王三日哭，重璧台前伤盛姬。又不见泰陵一掬泪，马嵬坡下念杨妃。纵令妍姿艳质化为土，此恨长在无销期。生亦惑，死亦惑，尤物惑人忘不得。人非木石皆有情，不如不遇倾城色。

白居易在《胡旋女》、《八骏图》、《古冢狐》等讽谕诗和政论文章中，对历史上真实的"一人荒乐万人愁"式的爱情毫不含糊地持批评讽刺态度，而这首诗却有些"气短"，因为诗人毕竟"不能忘情"，感到无法抗拒"倾城色"的"惑"，所以卒章显志之言是"不如不遇"。如果再追问一句，一旦遇上了怎么办？那就只能"生亦惑，死亦惑"了。因此,有一个从政治角度还是从人性人情角度看待李、杨爱情的不同,从理智、政治上说,这种"惑"要不得,误国害民害己,应该批判;从情感、人情上说,他又觉得这种"惑"有其合情、值得同情甚至赞颂的一面。看来,作《长恨歌》时的白居易"多情"诗人浪漫气质要重得多,这正是他把《长恨歌》写成一曲哀感顽艳的爱情悲歌的主观原因。

观 刈 麦①

　　田家少闲月,五月人倍忙。夜来南风起,小麦覆陇黄②。妇姑荷箪食③,童稚携壶浆④。相随饷田去⑤,丁壮在南冈⑥。足蒸暑土气,背灼炎天光。力尽不知热,但惜夏日长。复有贫妇人,抱子在其旁。右手秉遗穗⑦,左臂悬敝筐。听其相顾言,闻者为悲伤。家田输税尽⑧,拾此充饥肠。今我何功德,曾不事农桑⑨。吏禄三百石,岁晏有余粮⑩。念此私自愧,尽日不能忘。

① 题下原注:"时为盩厔县尉。"

② 陇:同"垅",田埂。

③ 妇姑:泛指妇女。箪食:用圆竹器盛的食物。

④ 童稚:小孩。壶浆:用壶盛的汤水。

⑤ 饷田:给田里劳动的人送饭。

⑥ 丁壮:泛指青壮年男子。唐初以二十一岁为丁,后改为二十三岁;白居易时,以二十五岁为丁。

⑦ 秉遗穗:拾起掉在地里的麦穗。

⑧ 输税:交纳赋税。

⑨ 曾不:乃不、却不。

⑩ 吏禄:做官的俸禄。三百石:唐朝从九品官每月禄米三十石,白居易此时为盩厔县尉,官级从九品下。三百石是指他年俸收入的约数。岁晏:年终、年底。

白居易在左拾遗任上作《论和籴状》云:"臣久处村间,曾为和籴之户,亲被迫蹙,实不堪命。臣近为畿尉,曾领和籴之司,亲自鞭挞,所不忍睹。"此种经历使他对农夫百姓的疾苦有着深深的同情。《观刈麦》是他直接反映农民痛苦生活的最早诗篇,他也从此进入了"唯歌生民病"的讽谕诗创作领域。

这首诗层次极为清晰,前十二句描写盛夏麦收时节紧张繁忙的劳动场面,中八句是拾穗贫妇人的特写镜头,后六句表达自己的自愧心理。"力尽不知热"二句曲尽农家苦心,恰是从旁看出;"复有"四句勾勒贫妇人的形象,具有浮雕般的清晰和特写式的强烈,后来的讽谕诗如《卖炭翁》仍然有与此异曲同工之笔。白居易是运用对比手法的能手,这里有自己的舒适与劳动人民的穷苦的对比,有同情百姓悲惨遭遇与厌恶统治者残酷盘剥的态度的对比。另外,拾穗者与劳作者也形成了对比,今日的贫妇人正是昨日的割麦者,而今日的劳作者焉能不是来日的拾穗人!

中国古代正直的诗人面对劳苦百姓都会产生一种自愧心理,唐诗中著名的如高适的"拜迎官长心欲碎,鞭挞黎庶令人悲"、杜甫的"生常免租税,名不隶征伐。抚迹犹酸辛,平人固骚屑"、韦应物的"身多疾病归田

里,邑有流亡愧俸钱"。而白居易这首诗应该更多地受到了韦应物的启发。韦应物《观田家》诗云:

> 微雨众卉新,一雷惊蛰始。田家几日闲,耕种从此起。丁壮俱在野,场圃亦就理。归来景常晏,饮犊西涧水。饥劬不自苦,膏泽且为喜。仓廪无宿储,徭役犹未已。方惭不耕者,禄食出闾里。

可以看出,白诗与韦诗一脉相承。白居易创作时更突出了"丁壮"的艰辛,并且还创造性地加进了对"贫妇人"的刻画,使得结尾抒发的自愧心理特别真诚,他使盛唐以来的田园诗由"田家乐"朝着"田家苦"的方面转化。如元和八年所做的《村居苦寒》:

> 八年十二月,五日雪纷纷。竹柏皆冻死,况彼无衣民!回观村闾间,十室八九贫。北风利如剑,布絮不蔽身。唯烧蒿棘火,愁坐夜待晨。乃知大寒岁,农者尤苦辛。顾我当此日,草堂深掩门。褐裘覆绝被,坐卧有余温。幸免饥冻苦,又无垄亩勤。念彼深可愧,自问是何人。

面对"田家"如此之苦,作者深深感到惭愧和内疚,以致发出"自问是何人"的慨叹。这些情感认识都来自他早年的贫苦与盩厔尉任上对下层人民生活感同身受的体验。这正是白居易成为一个"不识时忌讳,但伤民病痛"的讽谕诗人的基础。

二、救济人病　裨补时阙(807—811)

　　元和二年(807)秋,白居易被召回长安,十一月授翰林学士,次年四月除左拾遗,五年五月除京兆府户曹参军,仍充翰林学士,元和六年(811)四月丁母忧退居下邽。这四年朝中生活,是白居易一生中为实现自己的政治主张而"志在兼济"的时期,也是他创作的黄金期。

　　《与元九书》说:"自登朝来,年齿渐长,阅事渐多。每与人言,多询时务,每读书史,多求理道。""是时皇帝初即位,宰府有正人,屡降玺书,访人急病。仆当此日,擢在翰林,身是谏官,月请谏纸。"故论王锷以赂谋宰相,论裴均不当违制进奉,论李师道不当掠美,以私财代赎魏徵宅,论吐突承璀不当以中使统兵,论元稹不当以中使谪官。"有阙必规,有违必谏,朝廷得失无不察,天下利病无不言"(《初授拾遗献书》)。在朝廷上以论事激切、持正不阿著称。"论执强鲠,帝未谕,辄进曰:陛下误矣! 帝变色"(《旧唐书》本传)。"正色摧强御,刚肠嫉喔咿。常憎持禄位,不拟保妻儿。养勇期除恶,输忠在灭私"(《代书诗一百韵寄微之》)。这是他当时政治态度与精神风貌的最好写照。

"欲开壅蔽达人情,先向歌诗求讽刺"(《采诗官》),经过风云激荡的政治生活洗礼,白居易认识到"文章合为时而著,歌诗合为事而作",因此"启奏之外,有可以救济人病、裨补时阙、而难于指言者,辄咏歌之"。他在贞元、元和之际,写出了"但伤民病痛,不识世忌讳"(《伤唐衢二首》)的《秦中吟》十首,又在元和初年写出了"非求宫律高,不务文字奇,惟歌生民病,愿得天子知"(《寄唐生》)的《新乐府》五十首,以及其他一些著名的政治讽谕诗。这些标志着作者"兼济之志"的讽谕诗表现并同情民间疾苦,揭露统治阶级的各项弊政和骄奢淫佚的生活,反映各种社会问题,诸如民族问题、边防问题、道德问题、妇女问题等等。取材广泛，内容丰富，举凡当时社会上的一切不合理现象，诗人几乎都有所涉及。尤其是《新乐府》五十首诗，结构严密，用意周到，可以说是一部唐代的史诗。

白居易在《新乐府》五十首总序中，十分明确地阐述了其讽谕诗的写作理论：

> 篇无定句，句无定字；系于意，不系于文。首句标其目，卒章显其志，《诗》三百之义也。其辞质而径，欲见之者易谕也；其言直而切，欲闻之者深诫也；其事核而实，使采之者传信也；其体顺而肆，可以播于乐章歌曲也。总而言之，为君、为臣、为民、为物、为事而作，不为文而作也。

他的讽谕诗效法《诗经》，常以诗的首句为题，《新乐府》诗还在题下用小序注明诗的美刺目的，如《卖炭翁》的"苦宫市也"之类。同时还利用诗的结尾（卒章）作重点突出。语言质朴，表达径直了当。"直歌其事"（《秦中吟序》），说明意之所在，"不惧权豪怒，亦任亲朋讥"

(《寄唐生》)，完全坦露了自己的情感。题材处理翔实具体，详尽细致，"一吟悲一事"(《伤唐衢二首》)，主题集中明确。追求音律的自然顺口，和谐流畅，易听易诵。在创作手法上，诗人还将生动的叙事和激切的议论相结合，采用鲜明的对比以达到强烈的艺术效果。特别是那种"意到笔随"(黄子云《野鸿诗的》)、"用常得奇"(刘熙载《艺概·诗概》)的风格，使他的讽谕诗取得了继杜甫之后的最高成就。

　　白居易的讽谕诗共有一百七十首，这些"篇篇无空文，句句必尽规"(《寄唐生》)的讽谕诗在当时就产生了不同的社会影响。由于诗人对当时的诸多政治弊端和严重的社会问题，做了直言不讳的揭露和勇敢鞭挞，所以"凡闻仆《贺雨》诗，而众口籍籍，已谓非宜矣；闻仆《哭孔戡》诗，众面脉脉，尽不悦矣；闻《秦中吟》，则权豪贵近者相目而变色矣；闻《乐游园》寄足下诗，则执政柄者扼腕矣；闻《宿紫阁村》诗，则握军要者切齿矣"(《与元九书》)。相反，"《贺雨诗》、《秦中吟》数十章，指言天下事，时人比之为风骚焉"(元稹《白氏长庆集序》)。

"有邓鲂者,见仆诗而喜;……有唐衢者,见仆诗而泣"
(《与元九书》)。"代匹夫匹妇语最难,盖饥寒劳困之
苦,虽告人人且不知,知之必物我无间者也。杜少陵、元
次山、白香山不但如身入闾阎,目击其事,直与疾病之在
身者无异。"(赵翼《瓯北诗话》)因此,白居易这些"但
伤民病痛"的诗篇,赢得了下层人民和正直士人的喜爱
与共鸣。

宿紫阁山北村①

晨游紫阁峰,暮宿山下村。村老见余喜,
为余开一樽②。举杯未及饮,暴卒来入门③。
紫衣挟刀斧④,草草十余人⑤。夺我席上酒,掣
我盘中飧⑥。主人退后立,敛手反如宾⑦。中
庭有奇树,种来三十春。主人惜不得,持斧断
其根。口称采造家⑧,身属神策军⑨。主人慎
勿语,中尉正承恩⑩。

① 紫阁山：属终南山，在今陕西户县东南三十里。

② 开一樽：设酒相待。樽，酒器。

③ 暴卒：凶暴的兵卒，此指神策军士兵。

④ 紫衣：唐制，紫衣有两类：一指三品以上官员所服之紫衣，一指下级胥吏所服之紫色粗绸衣。此指后者。

⑤ 草草：乱七八糟、蛮不讲理的样子。

⑥ 掣：抢取。飧：食物。

⑦ 敛手：拱手表示恭敬。

⑧ 采造家：《册府元龟》卷六一《帝王部·立制度》第二："唐文宗大和元年五月癸酉，左神策军奏当军请铸'南山采造印'一面。"可知南山采造系神策军之直属机构。

⑨ 神策军：唐代皇帝的禁卫军之一。

⑩ 中尉句：德宗贞元中，特设神策军护军中尉，以宦官为统领，号两军中尉。元和初，最有权势的宦官是吐突承璀，作神策军左军中尉。

　　这首诗作于元和四年（809）。宦官专权是中唐以后朝政腐败的重要表现，《新唐书·宦官传》云，德宗时，"左右神策、天威将军，委宦者主之，置护军中尉、中护军,分提禁兵。是以威柄下迁,政在宦人,举手伸缩,便有轻重"。作者将讽刺、抨击的矛头直指这批炙手可热、气焰熏天的宦者。这些"紫衣挟刀斧"的"暴卒","口称采造家,身属神策军",在京城近邻抢夺酒食,砍倒主人种了三十年的奇树。为什么"暴卒"敢公然抢劫?因为他们有恃无恐——"中尉正承恩",这个"中尉"就是深受皇帝宠信的吐突承璀。吐突承璀在宪宗上台时立了大功,元和初年为左神策军护军中尉,王承宗叛,又诏承璀兼任"诸军行营招讨处置使"统兵征讨。当时朝廷谏官纷纷上书,白居易谏言尤痛切,其《论承璀职名状》云:"陛下自春宫以来,则曾驱使承璀,岁月既久,恩泽遂深。望陛下念其勤劳,贵之可也。陛下怜其忠赤,富之可也。至于军国权柄,动关于治乱,朝廷制度,出自于祖宗。陛下宁忍徇下之情而自蠥法制,从人之欲而自损圣明?何不思于一时之间,而取笑于万代之后?今臣忘身命,沥肝胆,为陛下痛言者,非不知逆耳,非不知危身。但以蝼蚁之命至轻,社稷之计至重。"这件事引起了宪宗的强烈不满,他曾对李绛说:"白居易小子是朕拔擢致名位,而无礼于朕,朕实奈何!"(《旧唐书·白居易传》)这首诗的"中尉正承恩"更是一箭双雕,极为深刻,以至于"闻《宿紫阁村》诗,则握军要者切齿矣"(《与元九书》)。

全诗刻画形象,表情达意都非常生动逼真,如以"草草"、"紫衣挟刀斧"、"夺"、"掣"等形容"暴卒"之暴;描写主人的情感变化由"喜"到"退后立"、"敛手反如宾","惜不得"到"慎勿语"等,反衬出"暴卒"的暴行。叙事简练,尤其是在结尾用警策的语句深化主题,和《新乐府》、《秦中吟》"卒章显其志"的手法完全相同。

上阳白发人①

上阳人,红颜暗老白发新。绿衣监使守宫门②,一闭上阳多少春。玄宗末岁初选入,入时十六今六十③。同时采择百余人④,零落年深残此身。忆昔吞悲别亲族,扶入车中不教哭。皆云入内便承恩,脸似芙蓉胸似玉。未容君王得见面,已被杨妃遥侧目⑤。妒令潜配上阳宫,一生遂向空房宿。秋夜长,夜长无寐天不明。耿耿残灯背壁影,萧萧暗雨打窗声。春日迟,日迟独坐天难暮。宫莺百啭愁厌闻,梁燕双栖老休妒⑥。莺归燕去长悄然,春往秋来不记年。唯向深宫望明月,东西四五百回圆⑦。今日宫中年最老,大家遥赐尚书号⑧。小头鞋履窄衣裳,青黛点眉眉细长。外人不见见应笑,天宝末年时世妆⑨。上阳人,苦最多。少亦苦,老亦苦。少苦老苦两如何?君不见昔时吕向美人赋⑩,又不见今日上阳白发歌!

① 上阳:唐代宫名,在东都洛阳皇城西南,唐高宗上元(674—676)时建。

② 绿衣监使:唐制东都诸园苑各设监一人,从六品下;副监一人,从七品下。六、七品官著深、浅绿色公服。

③ 玄宗末岁二句:如天宝十五载(756)选入,到贞元十六年(800)为六十岁,与作者题下自注"贞元中尚存焉"相符合。

④ 采择：被选入。

⑤ 侧目：这里是因嫉妒而斜着眼睛看的意思。

⑥ 梁燕句：意谓即使见到梁上双栖的燕子也不必再去嫉妒它了，因为她已经老了。

⑦ 东西句：这位宫女在上阳宫历时四十五年，加上十六个闰月，每月月圆一度，共约五百五十六个月。除去阴雨暗夕，其所见月圆次数，不过四五百回。东西，承上句"望"字而言，指从月出到月落，隐含上阳人通宵不寐之意。

⑧ 大家：宫廷中对皇帝的习惯称谓。蔡邕《独断》上："亲近侍从称(天子)曰大家。"尚书号：三国、北魏时宫内都设有女尚书。《旧唐书·职官志》载，内宫有尚宫、尚仪、尚服、尚食、尚寝、尚功各二人，正五品，分掌宫中事务，相当于前代的女尚书。皇帝在长安，上阳宫在洛阳，所以说是"遥赐"。

⑨ 小头四句：衣的襟、袖窄，鞋头小，画眉细长，是天宝末年流行的时妆。到贞元年间，崇尚衣袖宽大，画眉短。上阳宫和外界隔绝，仍照天宝末年老样子打扮，故云。

⑩ 吕向美人赋：自注："天宝末，有密采艳色者，当时号花鸟使。吕向献《美人赋》以讽之。"吕向，字子回。事迹见《新

唐书·文艺传》。《美人赋》载《全唐文》卷三一〇。

这首诗是《新乐府》五十首之第七首。小序云:"愍怨旷也。"用《孟子·梁惠王》篇论古代仁政"内无怨女,外无旷夫"一语,意思是使男女婚嫁及时,过正常的家庭生活,以维持社会的安定。题下原注:"天宝五载已后,杨贵妃专宠,后宫人无复进幸矣。六宫有美色者,辄置别所,上阳是其一也。贞元中尚存焉。"白居易在这首诗中通过上阳宫一个白发宫女的悲惨遭遇,揭露了封建宫廷这种吞噬妇女青春生命的黑暗制度,对地位低下的妇女表示了深切的同情。

"入时十六今六十",这位原本是"脸似芙蓉胸似玉"的良家女子,被选进宫后,即经历了四十多年的幽闭,她一生中最美好的青春时光,就如此白白地葬送了。幽闭的原因虽然是"已被杨妃遥侧目",但"皆云入内便承恩"的骗局、那罪恶的宫女制度,无疑是真正的罪魁祸首。"秋夜长"一段十二句诗,通过写景以塑造人物的形象和刻画其心理状态。从夜晚、春天和时光无情的流逝这三层来描写宫女寂寞苦闷的生活；由残灯、壁影、雨声烘托宫女的终夜不眠，用宫莺百啭、梁燕双栖反衬她愁恨的心情，及内心的孤独痛苦；而那"四五百回圆"的明月，既是时间的记录，又反映了这位宫女生活的难熬。最具有反讽意味的是，她一生的痛苦幽闭，仅换得皇帝从长安授以女尚书的空名。而老宫女的打扮，竟然还是天宝末年的流行时妆，与外界的"时世妆"形成鲜明比照，也令人格外心酸。就这样，诗人在对这位自少至老皆极悲苦的宫女遭遇淋漓尽致的刻画中，塑造了典型悲剧人物的形象。

全诗采用第一人称和第三人称交替叙述，语言多蝉联顶针，情致曲尽，入人肝脾，是白居易乐府叙事诗中的优秀之作。

杜　陵　叟①

杜陵叟，杜陵居，岁种薄田一顷余。三月无雨旱风起，麦苗不秀多黄死②。九月降霜秋早寒，禾穗未熟皆青干。长吏明知不申破③，急敛暴征求考课④。典桑卖地纳官租，明年衣食将何如。剥我身上帛，夺我口中粟。虐人害物即豺狼，何必钩爪锯牙食人肉。不知何人奏皇帝，帝心恻隐知人弊⑤。白麻纸上书德音⑥，京畿尽放今年税⑦。昨日里胥方到门⑧，手持敕牒榜乡村⑨。十家租税九家毕，虚受吾君蠲免恩⑩。

① 杜陵：汉宣帝陵墓所在，在今陕西西安东南。

② 秀：庄稼吐穗开花。

③ 长吏：地方官。申破：将实情向上级申述道破。

④ 考课：即考绩。古代地方官吏的考绩，以能否完成征收赋税的任务为首要条件。

⑤ 恻隐：同情，不忍。《孟子·公孙丑上》："恻隐之心，仁之端也。"朱熹注："恻，伤之切也；隐，痛之深也。"

⑥ 白麻句：唐代一般诏书用黄麻纸书写，遇有国家大事，如任命将相、宣布赦免、赈济救灾等，则用白麻纸书写。德音，

唐代皇帝诏书的一种，多半有关免租、赦罪等事，有宣布皇帝恩德的意味。

⑦ 京畿：都城附近地区。唐代设有京畿采访使，辖长安周围四十余县。

⑧ 里胥：里正。唐制，一百户为里，设里正，主课农桑，催驱赋役。

⑨ 敕牒：皇帝下的命令，这里指免租命令。《唐会要》卷五十四："凡王言之制有七：……七曰敕牒，随事承旨，不易旧典，则用之也。"

⑩ 蠲（juān）：免除。

　　这是《新乐府》五十首的第三十首。题目下小序曰："伤农夫之困也。"元和三年冬到四年春，长安广大地区发生旱灾，唐宪宗下了罪己诏，当时李绛、白居易向宪宗报告了灾情，上书说："欲令实惠及人，无如减其租税"，得到皇帝的批准。但免税令在许多地方只是一纸空文，地方官吏不仅不如实申报，反而变本加厉地盘剥榨取，以求邀功请赏，因此人民并没有因此得到实惠，这首诗就是针对这一情况而发的。

《唐宋诗醇》评曰："从古及今,善政不能及民者多矣。一结慨然思深,可为太息。"这首诗正是从善政不能及于民的角度来伤农夫之困的。什么是"善政"? 即"不知何人奏皇帝,帝心恻隐知人弊。白麻纸上书德音,京畿尽放今年税"。然而,结局却是"虚受吾君蠲免恩"。为何会出现这种情况? 这是长吏的罪责。"昨日里胥方到门",皇帝的诏书下得很早、很及时,但地方官吏却故意拖延时日,直到"十家租税九家毕"的"昨日",才公布命令。因为他们要"求考课",求升官,所以不管人民死活,使"下情"(旱灾)不能"上达";也不执行皇帝的命令,使"上恩"(减免租税)不能"下达",这才出现了结尾那种令人慨然叹息的现象。要解除"农夫之困",就必须除掉这批"钩爪锯牙"的"豺狼"!

既然"吾君蠲免恩"为"善政",则白居易必不会以"虚受吾君蠲免恩"来讽刺皇帝恩免赋税的虚伪性,倘若如此,他与李绛上书建议给百姓"减其租税"的"实惠",岂非成了虚伪之言? 皇帝降下德音,税早已收完,从中可见皇帝要减税，主要是为了笼络人心，装装样子，执行与否，执行到什么程度，他是不去管的。而地方官也明知这一点，利用其不闻不问、不检查督促，搞了一场骗局。这种"善政"真让人"慨然思深"。宋代诗人受白居易诗启发，写下了"自从乡官新上来，黄纸放尽白纸催"（范成大《后催租行》）、"一司日日下赈济，一司旦旦催租税"（米芾《催租》）、"淡黄竹纸说蠲逋，白纸仍科不稼租"（朱继芳《农桑》）等作，这说明绝大多数封建皇帝只顾与官吏唱双簧去"虐人害物"，连"善政"的美名也不要了。

"剥我身上帛，夺我口中粟。虐人害物即豺狼，何必钩爪锯牙食人肉。"诗人的思想感情和人民相通，痛快淋漓地道出他们心中的强烈义愤，类似的还有如《红线毯》："宣城太守知不知，一丈毯，千两丝。地不知寒人要暖，少夺人衣作地衣。"这些语言都尖锐泼辣、通俗生动，体现了白居易讽谕诗"意激而言质"的特征，古代作家能说这样的话，有这样的认识，是很难能可贵的。

卖 炭 翁

　　卖炭翁，伐薪烧炭南山中[①]。满面尘灰烟火色，两鬓苍苍十指黑。卖炭得钱何所营，身上衣裳口中食。可怜身上衣正单，心忧炭贱愿天寒。夜来城上一尺雪，晓驾炭车辗冰辙。牛困人饥日已高，市南门外泥中歇[②]。翩翩两骑来是谁，黄衣使者白衫儿[③]。手把文书口称敕[④]，回车叱牛牵向北[⑤]。一车炭，千余斤，宫使驱将惜不得。半匹红纱一丈绫，系向牛头充炭直[⑥]。

① 南山：终南山，在今陕西西安市南。

② 市南门外：唐代长安有东、西两市，都在城南。

③ 黄衣使者：指采办货物的太监。白衫儿：指太监手下的爪牙，即所谓"白望"。《资治通鉴》注云："白望者，言使人于市中左右望，白取其物，不还本价也。"

④ 手把句：韩愈《顺宗实录》记宫市事云："贞元末，以宦者为使，抑买人物，稍不如本估。末年不复行文书，置白望数百

人于两市并要闹坊,阅人所卖物,但称宫市,即敛手付与。真伪不复可辨,无敢问所从来。"

⑤ 回车句:唐代长安皇宫在城北,炭车歇在城南,所以要把牛车牵向北走。

⑥ 半匹二句:唐代交易习俗,钱、帛并用。四丈为一匹,"半匹"为两丈。当时钱贵绢贱,半匹红纱一丈绫只值很少的钱,根本抵不上千余斤炭的价值。当时宫市,宦官"多以红紫染故衣败缯,尺寸裂而给之"(韩愈《顺宗实录》),可见这半匹红纱一丈绫也都是些朽坏不堪的假货。充炭直,作为炭的代价。

这首诗是《新乐府》五十首的第三十二首,题目下小序曰:"苦宫市也。"宫市就是皇帝派太监直接掠夺人民财物的一种残酷而无赖的方式。从"永贞革新"将宫市作为一项突出的弊政加以革除这件事可以看出,当时现实中能够反映宫市之害的生活素材是很多的,但它们并不都具有同等的意义和价值。可以设想,如果写一个大商人被掠夺,其典型性就可能差一些;如果写一般的掠夺场面,也可能不够集中。白居易选取的是一个极端贫困的老翁赖以活命的一车炭被掠夺的事件,它的典型性由于集中与强烈,便显得非常突出。"昨日输残税,因窥官库门。缯帛如山积,丝絮似云屯。……夺我身上暖,买尔眼前恩。进入琼林库,岁久化为尘。"(《秦中吟·重赋》)统治者一方面让大量堆积如山的缯帛白白烂掉,一方面却又不择手段地去掠夺区区一车炭,这一事件足以说明他们的掠夺成性,是他们贪婪残酷本性的暴露。

这首诗是白居易五十首《新乐府》诗中人物形象及心理刻画得最成功的一首,如"满面"两句对卖炭翁外貌做了毕肖的勾勒;"可怜"两句写劳苦百姓为了最微末的生活愿望而宁愿付出最大的牺牲,承受最大的痛苦,揭示卖炭翁的悲剧心理极为深刻;"手把"两句一连五个动作连续发生,说明宫使抢劫得心应手、熟练利索,漫画化地再现了他们丑恶的嘴脸。全诗没有一句议论,"直书其事,更不用著一断语"(《唐宋诗醇》评语),作品的主题、诗人的思想感情完全融化在对具体事件的叙写之中,尤其是结尾,打破了作者讽谕诗"卒章显其志"的常规,在矛盾冲突的高潮中戛然而止,恰到好处。

韩愈《顺宗实录》卷二记载:有一次,一个农夫用驴驮了柴到长安市上去卖,正好碰上宫使出来抢夺,柴被抢走了,只给了几尺绢,并且要农夫把柴送进宫,还要向他勒索"门户钱",农夫气愤至极,揍了宦官一顿。白居易做讽谕诗是"其事核而实",这件事很可能是它的生活原型,但此诗中的老翁却只是眼睁睁地看着一车炭被抢而"惜不得",从"苦宫市"的主题来看,这个源于生活又高于生活的改动很重要,它使题材更具典型性,作品也更具有感染力。

井 底 引 银 瓶①

井底引银瓶,银瓶欲上丝绳绝。石上磨玉簪,玉簪欲成中央折。瓶沉簪折知奈何,似妾今朝与君别。忆昔在家为女时,人言举动有殊姿。婵娟两鬓秋蝉翼②,宛转双蛾远山色③。

笑随戏伴后园中,此时与君未相识。妾弄青梅凭短墙,君骑白马傍垂杨④。墙头马上遥相顾,一见知君即断肠。知君断肠共君语,君指南山松柏树⑤。感君松柏化为心,暗合双鬟逐君去⑥。到君家舍五六年,君家大人频有言⑦:"聘则为妻奔是妾⑧,不堪主祀奉蘋蘩⑨。"终知君家不可住,其奈出门无去处。岂无父母在高堂,亦有亲情满故乡。潜来更不通消息,今日悲羞归不得。为君一日恩,误妾百年身。寄言痴小人家女⑩,慎勿将身轻许人。

① 银瓶:汲水器具。

② 婵娟:美好貌。秋蝉翼:形容鬓发梳得松薄透明,像蝉翼一样。崔豹《古今注·杂注》:"魏文帝宫人……(莫)琼树乃制蝉鬓,缥缈如蝉,故曰蝉鬓。"

③ 宛转句:形容女子用翠黛画眉,望去好像远山之色。《西京杂记》:"司马相如妻文君,眉色如望远山,时人效画远山眉。"

④ 妾弄二句：化用李白《长干行》"郎骑竹马来,绕床弄青梅"诗意,描写这对青年初恋时的情状。

⑤ 君指句：古人常把松柏作为坚贞、经久不变的象征,故这男子指松柏盟誓,表示对爱情的忠贞不变。

⑥ 暗合句：古代未嫁的女子将头发梳成左右双鬟;已婚的,则合为一髻。这句是写女子偷偷地把头发梳成已婚妇女的式样,跟随男方潜逃。

⑦ 大人：即父母。

⑧ 聘则句：语出《礼记·内则》："聘则为妻,奔则为妾。"封建礼法规定,结婚必须经过"问名"、"纳采"等订婚手续,才算合法,女方才可取得"妻"的地位;否则,就只能算是"妾"。

⑨ 不堪句：封建礼法认为"妻"才可以作主妇,有资格捧着祭物去祭祀祖宗,妾就不能承担这种事务。蘋、蘩,两种植物名,古代用作祭品。

⑩ 痴小：痴情而又年幼天真。

　　这首诗是《新乐府》五十首之第四十首。小序云："止淫奔也。"所谓"淫奔",古代指青年男女未经父母之命、媒妁之言而私自结合,然而诗歌本文则更多表现的是对那些因自由恋爱而受到极度歧视的女性的同情。

唐代社会礼防风气相对比较松弛，文人作品中可以写社会认可的书生歌妓相恋的故事，如《霍小玉传》、《李娃传》；但却不能公然描写青年男女之间的私恋偷情。"聘则为妻奔是妾"，唐人婚姻与仕宦紧密相联，正式婚姻并无苟且之可能，因而，这种"淫奔"最后的结局一般都不美妙。典型作品如元稹《莺莺传》，与白居易这首诗写的是同一题材，张生对莺莺始乱之而终弃之。"婢仆见诱，遂致私情。儿女之情，不能自固。君子有援琴之挑，鄙人无投梭之拒。及荐寝席，义盛意深。愚陋之情，永谓终托。岂期既见君子，而不能以礼定情。致有自献之羞，不复明侍巾帻。没身永恨，含叹何言。"这是莺莺礼防崩溃后发出的沉痛悔恨。而张生的"忍情"、"补过"，却得到了社会的认可与赞同。当时社会中这类"不能以礼定情"的现象大概相当普遍，所以白居易在讽谕诗中才把它作为专门的社会问题加以规劝。

白居易早年曾与邻女湘灵相恋，其《长相思》诗有云："妾住洛桥北，君住洛桥南。十五即相识，今年二十三。"但这段缠绵的恋情最终却是分离的悲剧结局,《潜别离》诗言及分手的痛苦:"不得哭,潜别离。不得语,暗相思。两心之外无人知。深笼夜锁独栖鸟,利剑春断连理枝。河水虽浊有清日,乌头虽黑有白时。唯有潜离与暗别,彼此甘心无后期。"由此可见,《井底引银瓶》诗也包含着作者自己切身的生活体验。白居易在这首诗中仿佛对青春生活作了一次反省,"寄言痴小人家女,慎勿将身轻许人",从一个成年人、一个过来人的角度,对现实生活中的溺情者进行劝告,希望这种感情能够用道德来加以约束。"为君一日恩,误妾百年身",虽然是女子的悔恨,实际上这也未尝不是在强调男子所应当承担的责任。白居易还不可能去超越"君家大人频有言"的封建之"礼",像后来的《王西厢》那样提出"愿天下有情的人都成了眷属",而从他对这位"痴小人家女"幸福爱恋时的热烈描绘和对她沦为"奔是妾"的悲剧境地而无力自拔的真诚同情中,我们看到诗人并未站在封建礼教之上,操起残酷的"利剑"来进行虚伪的责罚。

尽管作者的劝诫讽谕立场影响了他将这个两情相

悦的故事写得更为生动,但诗中所勾画出的一往情深的女性形象却特别感人,突出描写了她婚前的天真活泼、相爱时的热烈奔放和婚后所受到的轻视屈辱,具有效法李白《长干行》那种"儿女子情事,直从胸臆中流出"的特色。

宋元以下,此诗的情节一再被敷衍润色为曲艺、戏剧,最为著名的是元白朴《鸳鸯简墙头马上》杂剧,这也使它更加闻名遐迩。

轻　　肥①

意气骄满路②,鞍马光照尘。借问何为者,人称是内臣③。朱绂皆大夫,紫绶或将军④。夸赴军中宴⑤,走马去如云。樽罍溢九酝,水陆罗八珍⑥。果擘洞庭橘,脍切天池鳞⑦。食饱心自若,酒酣气益振。是岁江南旱,衢州人食人⑧。

① 轻肥：即轻裘肥马的略词，语出《论语·雍也》："乘肥马，衣轻裘。"因用来借指达官显宦，兼喻其生活豪奢。

② 意气：本指人的气度、气概，因《史记·管晏列传》中有"意气扬扬，甚自得也"之句，后多用来指扬扬自得的神气。

③ 内臣：指宦官。因为宦官在宫内替皇帝服役，故称。

④ 朱绂二句：朱绂，朱红色朝服。紫绶，紫色的系印绶带。唐制，官分九品，四、五品衣绯（朱红），二、三品佩紫绶（服色同）。大夫和将军，分指文职和武职。

⑤ 军中：指宦官所掌握的禁军。

⑥ 樽罍二句：樽、罍，古代盛酒的器具。九酝，美酒名，这里泛指最醇美的酒。八珍，八样珍贵食品，说法不一，这里也泛指最精美的食品。

⑦ 果擘二句：洞庭橘，江苏太湖洞庭山产的名橘。天池，海的别名。一说扬州有天池（在今江苏仪征县）。

⑧ 是岁二句：据史籍记载，元和三年冬到四年春，江南大旱。衢州，今浙江省衢州市一带。

　　《秦中吟》原序曰："贞元、元和之际，予在长安，闻见之间有足悲者，因直歌其事，命为《秦中吟》。"《秦中

吟》约创作于元和元年至四年之间,《轻肥》写于元和四
年(809),是《秦中吟》十首中的第七首。这首诗从构思
到手法都是从杜甫《自京赴奉先县咏怀五百字》第二段
"劝客驼蹄羹,霜橙压香橘。朱门酒肉臭,路有冻死骨"
而来,是运用对比来揭露社会矛盾的典型化的艺术手
段。然而,这种运用并非单纯的模仿,而是创造性的运
用,作者在对比中又采取了艺术的铺垫。全诗共十六
句,用了十四句写宦官的长街走马,写军中宴会,层层铺
垫渲染,把他们的骄奢淫逸写足,好比射箭,要引满而
发,到了最大限度时才对准目标猛地射出一箭——"是
岁江南旱,衢州人食人",这一箭才特别有力,直刺宦官
心窝。所以"卒章显志"那一幕才能和前面构成极其鲜
明的对比,才能既震撼人心又发人深省。"结语斗绝,
有一落千丈之势"(《唐宋诗醇》)的艺术效果就是这样
取得的。

　　一方面是花天酒地、骄奢淫逸,一方面是大旱饥荒、
人吃人,这两种现象强烈而鲜明的对比是对宦官的尖锐
抨击。这两种现象之间又有着深刻的内在联系:一小

撮宦官糜烂发臭的生活，就是建筑在广大人民饥饿和死亡的基础上的；"是岁江南旱"两句前面放上"食饱心自若，酒酣气益振"两句，暗示了"衢州人食人"的惨剧，正是这一小撮不顾人民死活的家伙掌握了军政大权的结果。这是作者的深意所在，也是这个对比发人深省的地方。何义门评曰："言将相皆中官私人，召灾害而为民贼也。"从这个意义上说，这首诗就不限于对宦官骄奢生活的揭露，而且含有对这股腐朽势力的政治批判的意义，其中自然也隐含了对宠信宦官的最高统治者的不满。

《秦中吟》第九首《歌舞》的写法与《轻肥》相同：

> 秦中岁云暮，大雪满皇州。雪中退朝者，朱紫尽公侯。贵有风雪兴，富无饥寒忧。所营唯第宅，所务在追游。朱门车马客，红烛歌舞楼。欢酣促密坐，醉暖脱重裘。秋官为主人，廷尉居上头。日中为一乐，夜半不能休。岂知阌乡狱，中有冻死囚。

"岂知阌(wén)乡狱，中有冻死囚"这件事，元和四年白居易在《奏阌乡县禁囚状》中有详细的叙述,当时虢州阌乡、湖城等县(今河南省)中贫民因为欠付官钱,无力填纳,被囚禁在狱中,即使遇上恩赦、德音,也不得恢复自由。"至使夫见在而妻嫁,父已死而子在囚",真是"自古罪人,未闻此苦"。足见当时官府的迫害非常残酷。

白居易这些诗篇充分显示了"但伤民病痛,不识时忌讳"的战斗精神,难怪"闻《秦中吟》,则权豪贵近者,相目而变色矣"(《与元九书》)。

买 花

帝城春欲暮①,喧喧车马度。共道牡丹时,相随买花去。贵贱无常价,酬直看花数②。灼灼百朵红,戋戋五束素③。上张幄幕庇,旁织笆篱护。水洒复泥封,移来色如故。家家习为俗,人人迷不悟。有一田舍翁④,偶来买花处。低头独长叹,此叹无人谕。一丛深色花,十户中人赋⑤。

① 帝城：京城，指长安。

② 贵贱二句：意谓牡丹花没有一定的价格，某种花多易得，就
   贱一些；花少罕见，就特别昂贵。酬直，即酬值，给价。

③ 灼灼二句：写牡丹价格昂贵，百朵花值五匹帛。灼灼，形容
   花的火红。戋戋，众多貌。《易·贲》："束帛戋戋。"疏：
   "众多也。"素，精白的绢。

④ 田舍翁：老农。

⑤ 中人赋：即中户赋。唐时赋税，按户口征收，分为上户、中
   户、下户（见《旧唐书·食货志》）。

　　这首诗是《秦中吟》十首的最后一首。李肇《国史
补》卷中云："京城贵游，尚牡丹三十余年矣。每春暮，
车马若狂，不以耽玩为耻。执金吾铺官围外寺观，种以
求利，一本有直数万者。"白居易《新乐府·牡丹芳》也
说："遂使王公与卿士，游花冠盖日相望。庳车软舆贵
公主，香衫细马豪家郎。……花开花落二十日，一城之

人皆若狂。"京城达官贵人为了狂热争购名贵的牡丹花,不惜一掷千金,挥金如土,竞相炫耀自己的富贵豪奢,这首诗就截取了一个典型的生活侧面,抨击了贵游们糜民钱财的奢侈行径。

诗的前十四句用写实的笔法写京城贵游的耽玩买花,后四句写"偶来买花处"的"田舍翁"的感叹:他们买一丛深色牡丹花的钱,就等于十户中等人家一年的赋税。这是多么悬殊的贫富生活,多么尖锐的阶级对立!这些被挥霍掉的钱财都是百姓缴纳的赋税。全诗写法与《轻肥》、《歌舞》类似,只客观叙述,不直接议论,在结尾处调笔猛转,反戈一击,以达到警醒的艺术效果。

清代潘德舆《养一斋诗话》说白居易讽谕诗"实有得于古人作诗之本旨,足以扶人识力,养人性天",如"夺我身上暖,买尔眼前恩"、"一丛深色花,十户中人赋"等,"劲直沉痛,诗到此境,方不徒作"。唐末诗人郑遨诗"岂知两片云,戴却数乡税",即是从《买花》诗而来。

惜牡丹花二首(选一)

惆怅阶前红牡丹,晚来唯有两枝残①。明朝风起应吹尽,夜惜衰红把火看②。

① 残:剩余。
② 把火:拿着烛,掌着灯。

这首诗题下原注云:"翰林院北厅花下作",则作于元和三年至六年(808—811)任翰林学士期间。唐人特重牡丹,如徐凝《牡丹》:"何人不爱牡丹花,占断城中好物华。"刘禹锡《赏牡丹》:"惟有牡丹真国色,花开时节动京城。"白居易《秦中吟·买花》诗虽"一吟悲一事",但却无关于对牡丹花本身的评判,他的《新乐府·牡丹芳》则用了大量篇幅描写牡丹盛开时的妖艳:"宿露轻盈泛紫艳,朝阳照耀生红光。红紫二色间深浅,向背万态随低昂。映叶多情隐羞面,卧丛无力含醉妆。低娇笑容疑掩口,凝思怨人如断肠。秾姿贵彩信奇绝,杂卉乱花无比方。石竹金钱何细碎,芙蓉芍药苦寻常。"而这首《惜牡丹花》诗中的牡丹花,已经成为人生追求中某种美好事物的象征。

这首诗紧扣一个"惜"字,从时间上淋漓尽致地写出"惜"的心态。首句用"惆怅"二字,暗示出牡丹盛时是多么令人爱惜,次句在"两枝残"上以"唯有"强调,突出"晚来"的惋惜之情;为了避免对"明朝"牡丹被风起吹尽的追惜,故而有"夜"里"把火看""衰红"的怜惜。由开始的"惆怅"、"残"到"尽"、"衰",下语用字的层密照应,也反映了诗人情感的细腻敏锐。再看同时期所做的《夜惜禁中桃花因怀钱员外》:

> 前日归时花正红,今夜宿时枝半空。坐惜残芳君不见,风吹狼藉月明中。

这说明诗人不独对牡丹怜惜情深,他对所有美好事物都保持着一份独特的情感。然而,两首诗所达到的艺术效果却不一样。《惜牡丹花》诗"明朝风起应吹尽"是想象中的虚景,作者没有按照实际时间顺序写成由"衰"而

"尽",没有写成上诗的"坐惜残芳君不见,风吹狼藉月明中",而是将它放在第三句,这样构思上就有跌宕起伏,意境上显得空灵婉转,那一盏灯火所照耀着两枝深红的牡丹形象就格外醒目,让人回味无穷。

后来李商隐《花下醉》:"客散酒醒深夜后,更持红烛赏残花",苏轼《海棠》:"只恐夜深花睡去,高烧银烛照红妆",都写出了爱花之极致。可以看出,他们的这种吟诵,莫不从白居易"明朝风起应吹尽,夜惜衰红把火看"脱化演变而出。

三、中道左迁　天涯沦落(811—820)

　　白居易的讽谕诗锋芒尖锐,几乎刺痛了所有权豪们的心,险恶的政治环境使他产生了退避思想。元和五年(810)翰林学士任上作《自题写真》诗云:"况多刚狷性,难与世同尘。不惟非贵相,但恐生祸因。宜当早罢去,收取云泉身。"元和六年(811),他四十岁时,回到了阔别十年的故里下邽。"一朝归渭上,泛如不系舟"(《适宜二首》)。在丁忧乡居的四年里,他这个曾做过左拾遗的罢职官员,要忍气吞声地向催租索税的胥吏交纳"扬簸净如珠"的麦粟(《纳粟》),他也看到了饥肠百转的农民冒着严寒采地黄,卖给朱门滋补肥马,以换取其马厩里的"残粟"(《采地黄者》),每当此时,兼济之志

又会涌上心头,"丈夫贵兼济,岂独善一身! 安得万里
裘,盖裹周四垠。稳暖皆如我,天下无寒人"(《新制布
裘》)。但更多的时候,是躬耕田园的念头占据上风。
早年任盩厔尉时所羡慕之事是"数峰太白雪,一卷陶潜
诗"(《官舍小亭闲望》);退居渭村后,他更决心效法陶
潜,"卖马买犊使,徒步归田庐"(《归田三首》其二)。
"三十为近臣,腰间鸣佩玉。四十为野夫,田中学锄谷。
何言十年内,变化如此速? 此理固是常,穷通相倚
伏。……形骸为异物,委顺心犹足。幸得且归农,安知
不为福?"(《归田三首》其三)这就是他对自己思想产生
变化所作的解释。

元和九年(814)冬,白居易回到朝廷,授太子左赞
善大夫,做了一个不得过问朝政、专门陪太子读书的闲
官。仿佛暴风雨的前夕,一场更大的政治风浪即将
来临。

元和十年(815)六月初三,宰相武元衡被平卢节度
使李师道等派人刺死,大臣裴度也被刺客击伤,一时京
都震恐,举朝失措。白居易激于义愤,即日首先上疏

"急请捕贼,以雪国耻"。他的意见尽管代表了公议,然而却触怒了早已对他不满的权贵。于是执政借口他是东宫之官,不该在谏官之前言事。忌之者又诬说居易母看花坠井而死,他竟作《赏花》与《新井》诗,甚伤名教,于是被贬为江州刺史。中书舍人王涯复上言:所犯状迹,不宜治郡,又追诏改授江州司马。其实,其母系死于心疾,误堕坎井,与白居易本身道德无关,况集中并无《新井》诗,丁忧期间,也未作《赏花》诗。但"是非不由己,祸患安可防"(《杂感》),白居易满怀凄楚不平之情离开了长安。

白居易被贬江州三年多,直到元和十三年(818)十二月除忠州刺史,才有"鸟得辞笼不择林"(《除忠州寄谢崔相公》)的感觉。江州时期是他思想与创作的转折期,此前主要是志在兼济,此后则倾心于独善其身。此时,好友元稹已贬通州司马,白居易寄诗云:"谁知千古险,为我二人设。"(《寄微之三首》其一)二人诗篇唱酬,已不复当年创作裨补时阙的讽谕诗之勇。元和十二年,正是朝廷平定淮西之乱最为关键之时,"愚计忽思飞短橄,狂心便欲请长缨",但这种激动转瞬即逝,"从来妄动多如此,自笑何曾得事成!"(《元和十二年淮寇未平诏停岁仗愤然有感率尔成章》)后来,就干脆发誓"世事从今不开口"(《重题》),因为"忧国朝廷自有贤"(《舟中晚起》)。愈到后来,愈是"宦情衰落,无意于出处,唯以逍遥自得,吟咏情性为事"(《旧唐书》本传)。

江州时期也是白居易创作的丰收期,元和十年十月至江州,于十二月自编诗集十五卷,约八百首。"一篇《长恨》有风情,十首《秦吟》近正声"(《编集拙诗成十五卷因题卷后戏赠元九李二十》),这是他对自己前期创作成就的评价。元和十一年,他借为长安倡女感今伤昔,而联系到自己中道左迁、天涯沦落之怀,创作了传诵千古的杰作《琵琶行》。同时,又写出著名的《与元九书》,对文学思想作了较为系统的表述。

白居易明确提出"文章合为时而著,歌诗合为事而作"的主张,这虽然是总结他此前创作的经验,但在诗歌反映现实的问题上,确实难能可贵。对于诗的性质,他概括出"根情、苗言、华声、实义"四大要素。诗歌要以情感为基础,用形象的语言、和谐的韵律表现出来,内容必须具有充实的义理。否则,诗歌就失去了价值。他将自己的诗歌分为四类:讽谕诗、闲适诗、感伤诗和杂律诗。《与元九书》云:"自拾遗以来,凡所遇所感,关于美刺兴比者,又自武德迄元和,因事立题,题为《新乐府》者,共一百五十首,谓之讽谕诗。又或退公独处,或移病闲居,知足保和,吟玩性情者一百首,谓之闲适诗。又有事物牵于外,情理动于内,随感遇而形于叹咏者一百首,谓之感伤诗。又有五言、七言、长句、绝句,自一百韵至两韵者四百余首,谓之杂律诗。"四类中他最看重的是讽谕诗和闲适诗,"谓之讽谕诗,兼济之志也;谓之闲适诗,独善之义也。故览仆诗,知仆之道焉"。因为这两类诗集中表现了他进退出处之道和平生志尚,也体现了他诗歌创作的指归,所以值得珍视。

欲与元八卜邻先有是赠①

平生心迹最相亲,欲隐墙东不为身②。明

月好同三径夜③，绿杨宜作两家春④。每因暂出犹思伴，岂得安居不择邻⑤。可独终身数相见⑥，子孙长作隔墙人。

① 元八：指元宗简，字居敬，河南人。举进士，历官侍御史、员外郎、京兆尹；是作者的诗友之一，死后，作者曾为他的文集作序（见《白氏文集》卷六十八《故京兆元少尹文集序》）。卜邻：选择邻居。《左传·昭公三年》："非宅是卜，惟邻是卜。"

② 欲隐墙东：隐居墙东。出于《后汉书·逸民传》："初，（逢）萌与同郡徐房、平原李子云、王君公相友善……房与子云养徒各千人，君公遭乱独不去，侩牛自隐，时人谓之论曰：'避世墙东王君公。'"

③ 三径：《文选》李善注引《三辅决录》云："蒋诩，字元卿，舍中竹下开三径，唯求仲、羊仲从之游。"陶渊明《归去来兮辞》："三径就荒，松菊犹存。"后来因用作隐士住处的代称。

④ 绿杨句：用南齐陆慧晓与张融结邻事。《南史·陆慧晓传》："与张融并宅，其间有池，池上有二株杨柳。（何）点叹曰：'此池便是醴泉，此木便是交让。'"

⑤ 岂得句:《荀子·劝学》:"居必择乡,游必就士。"又《晏子春秋·内篇杂上》:"君子居必择邻,游必择士。"

⑥ 可独:岂独、岂止。

元和十年(815),白居易任太子左赞善大夫,居住在长安昭国坊,与元宗简过从甚密。元宗简原住蓝田山,后迁入长安升平坊,诗人希望与他结邻而居,就写了这首七律相赠。

这首诗论句法是层层推进,叙友情则愈转愈深。首联说你我是生平最好的知心朋友,之所以卜邻,是想和你联踪叠迹,共同过隐居生活,而非仅仅找个安身之地。颔联进而作想象之词,素月当天,绿杨拂地,虽佳景天然,只能独赏,今与卜邻,三径得清辉同照,两家可春色平分,该是何等欢畅!颈联强调卜邻的意义,暂时外出,犹思良伴偕行;若要久住,哪能不选择佳邻?尾联显现结邻之迫切:岂止是为了我们终身能时常相见,更愿子孙后代可以永结芳邻。句句细贴,一层深过一层,交情至此,可谓深挚无伦。

全诗起句就涵盖全篇,结句欲远及子孙,而第五句却说暂出,给人一种转掣不测之感,这种章法在七律中是不多的。所用"卜邻"、"隐墙东"及"三径"等典故,隐约地表达了诗人贬而复召后的情感状态。"明月好同三径夜,绿杨宜作两家春",用流转雅切的语言,展现了充满情意的优美境界,从而成为脍炙人口的名句。后人一些结邻佳句,如"两岸人烟分市色,一溪灯火共书声"(吴企晋)、"井泉分地脉,砧杵同秋声"(徐铉)、"隔篱分井水,穿壁共灯光"(梅尧臣)等,莫不受其影响。

蓝桥驿见元九诗①

蓝桥春雪君归日②,秦岭秋风我去时③。
每到驿亭先下马,循墙绕柱觅君诗。

① 蓝桥驿:在陕西蓝田县东南四十里。是唐代由长安通往河南、湖北的交通要道上的一个驿站。元九:指元稹,当时任通州司马。元和十年正月,元稹自唐州返长安,经过蓝桥

驿题诗。其年秋,白居易贬江州司马,出京过此。

② 蓝桥句:元稹归经蓝桥遇雪,作有《西归绝句》十二首,有
云:"云覆蓝桥雪满溪,须臾便与碧云齐。"作者本篇题下自
注云:"诗中云:'江陵归时逢春雪。'"即指此。

③ 秦岭:在蓝田县西南,凡入商洛、汉中,必越岭而后达。

唐代诗人中,杜甫与李白,白居易与元稹,其友情诚
乃千古佳话!

这首诗是白居易贬江州途中作。同一蓝桥驿,春天
元稹还京,路过其地,秋日诗人自己南奔,亦经此处,路
途虽同而来去悲欢之情一言难尽。一、二句在对比叙事
之中显示情感,三、四句则用"下马"、"循墙"、"绕柱"、
"觅君诗"等四个细节动作,真实而准确地描绘出诗人
寻觅、辨认友人诗作的动人情景,而这种寻觅又表明诗
人内心正经受着贬谪的屈辱和愁苦的煎熬,急欲借遍觅
故人之题咏来稍作安慰。出语看似平淡,表达的情意却
极为深挚,这是白居易诗的独造之境。

白居易九月抵襄阳,然后浮汉水、入长江,东去九

江。漫漫水途,夜长难捱,诗人细读故人诗卷,写下了著名的《舟中读元九诗》:

> 把君诗卷灯前读,诗尽灯残天未明。眼痛灭灯犹暗坐,逆风吹浪打船声。

四句诗描绘了两种境界,刻画了自己的两种形象。通过第三句诗的衔接,最后一句则由实境转化为虚境,从而具有象征意义。它可以是读友人诗篇的共鸣声,可以是自己和元稹忠而被贬的悲愤不平声,也可以是前途未卜、世事茫茫的凄苦之声。字字沉着,二十八字中无限曲折。

元和十年,元稹正月入京,不料三月又复贬为通州司马,八月,在病危之中惊悉白居易贬江州,忧愤难禁,写下了充满深情的《闻乐天左降江州司马》诗:

> 残灯无焰影幢幢,此夕闻君谪九江。垂死病中惊坐起,暗风吹雨入寒窗。

全诗用残灯、阴影、暗风、秋雨、寒窗等景物,构成了一种凄惨孤独的意境,借以衬托诗人所处的环境和关切友人的挚情。白居易读到这首诗后，十分感动，在《与微之书》中说："此句他人尚不可闻，况仆心哉！至今每吟，犹恻恻耳。"元、白真可谓知音同调。

放 言 五 首①并序(选一)

元九在江陵时有《放言》长句诗五首②，韵高而体律③，意古而词新。予每咏之，甚觉有味，虽前辈深于诗者，未有此作。唯李颀有云："济水至清河自浊，周公大圣接舆狂。"④斯句近之矣。予出佐浔阳，未届所任⑤，舟中多暇，江上独吟，因缀五篇，以续其意耳。

赠君一法决狐疑，不用钻龟与祝蓍⑥。试玉要烧三日满⑦。辨材须待七年期⑧。周公恐惧流言日⑨，王莽谦恭未篡时⑩。向使当初身便死，一生真伪复谁知？

① 放言：言论放肆，不受拘限。《后汉书·荀韩钟陈传论》云：

"汉自中世以下,阉竖擅恣,故俗遂以遁身矫洁放言为高。"

② 江陵:今湖北江陵。元稹在元和五年贬为江陵士曹掾。长句诗:指七言诗。

③ 体律:体制合乎格律诗的规则。

④ 李颀:颍阳(今河南许昌附近)东川人。进士,曾任新乡尉,后归乡隐居。所引诗见《杂兴》。济水:源出河南济源县王屋山,流入山东省境。河:黄河。周公:见下注。接舆狂:接舆为春秋时楚国隐士,佯狂避世,人称"楚狂",曾讥笑孔子热衷仕途。事见《论语·微子》。

⑤ 未届所任:还没有到达任所。

⑥ 赠君二句:狐疑,狐性多疑,因此称犹豫不决为"狐疑"。钻龟与祝蓍,古代占卜的两种办法。用龟甲占卜时,要钻要灼,从裂痕定吉凶。蓍,草名,古人取其茎占卜。

⑦ 试玉句:作者自注:"真玉烧三日不热。"《淮南子·俶真》云:"钟山之玉,炊以炉炭,三日三夜而色泽不变。"

⑧ 辨材句:作者自注:"豫章木生七年而后知。"《史记·司马相如传》正义:"豫,今之枕木也;章,今之樟木也;二木生至七年,枕、樟乃可分别。"按,枕是枕字之误。

⑨ 周公句:周公,姬姓,名旦,周武王弟,成王叔父。武王死,

成王年幼,周公摄政,管叔等人"流言于国",诬言周公要加害成王,周公恐惧,就避居于东,后成王悔悟,迎他回来。周公平定了管叔等人的叛乱,周国得到大治。

⑩ 王莽句:王莽,字巨君,汉元帝皇后之侄,以外戚独揽朝政,后来篡位称帝,改国号为新。政令繁苛,民不聊生,为刘秀(汉光武帝)所败,被杀。王莽在夺取政权的过程中,为了收拢人心,常表现出"谦约退让"的样子。

《放言五首》是一组政治抒情诗,作者从元稹早年被贬为江陵士曹参军及自己遭受打击、出谪浔阳的经历中深刻反思,分别就社会人生的真伪、祸福、贵贱、贫富、生死等问题纵抒己见,针砭现实,自鸣不平。这是其中的第三首诗,它告诉人们:衡量一个人,不能看一时的表现,而要经过长期的考验,才能判断出他言行的真伪。

诗人分别以自然事物与社会人事的典型事例,从正反两方面来说明"决狐疑"之"法"。颔联意谓识别玉的真假,要烧它三天;辨别枕木和樟木,必须经过七年。"三日满"、"七年期",这是正面强调用时间去检验真伪之法的正确性。颈联、尾联再以历史人物为例掉转笔锋从反面去叙说。周公辅佐成王时,曾被管、蔡等人怀疑有篡权之心,只好隐居以避谣言;王莽尚未篡位时,"勤劳国家,直道而行,动见称述"(《汉书·王莽传》),乔装取宠达到了无以复加的程度。"向使当初身便死,一生真伪复谁知。"假如周公在流言横行的日子中惊惧而死,王莽于篡位之前身亡,他们一生的真伪有谁能知晓呢?因为时间的长河已经证明"周公称大圣,管蔡宁相容"(李白);而"自书传所载乱臣贼子无道之人,考其祸败,未有如莽者也"(班固)。白居易元和初年在长安时期,因读《汉书》列传有感而作《有木八首》,"见色仁行违,先德后贼如王莽辈者","中含害物意,外矫凌霜色",对王莽之辈早有深刻的认识。

这首诗的笔法是以议论为诗,但行文波澜曲折,出语委婉纡徐,用鲜明的形象阐明道理,尤其是尾联以反问收束全篇,意趣悠长,余味无穷。这种哲理化的思考已不再局限于自己的穷通真伪,而上升到了普遍的规律之中,后四句过去流传很广,经常被话本小说所引用。

《放言五首》其一与此诗相同,也是强调要辨明真伪:

> 朝真暮伪何人辨,古往今来底事无?但爱臧生能诈圣,可知宁子解佯愚?草萤有耀终非火,荷露虽团岂是珠?不取燔柴兼照乘,可怜光彩亦何殊!

春秋时鲁国人臧仲武,诡诈而多智谋,当时人们称他为圣人;卫国人宁武子在乱世中能韬光养晦,大智若愚。人们只喜欢臧生式的假圣人,哪里知道世间还有宁武子那样的真贤人!世人总是蒙蔽于假象之中,如果不取燔柴大火和"照乘"明珠的光亮来加以比较,那就会将草萤的闪耀当作真火,以为荷叶上的露水就是珍珠。这首诗告诉人们,一切东西都必须辨清真伪,而且是能够辨明真伪的。它与上述其三有所不同,颔联以历史事实,颈联、尾联以自然现象来论证;全诗多用反诘语句,显得气势逼人,忧愤难当。

琵 琶 行 并序

　　元和十年①，予左迁九江郡司马②。明年秋，送客湓浦口③，闻舟中夜弹琵琶者，听其音，铮铮然有京都声④。问其人，本长安倡女，尝学琵琶于穆、曹二善才⑤，年长色衰，委身为贾人妇⑥。遂命酒，使快弹数曲。曲罢悯然。自叙少小时欢乐事，今漂沦憔悴，转徙于江湖间。予出官二年，恬然自安，感斯人言，是夕始觉有迁谪意。因为长句⑦，歌以赠之。凡六百一十六言，命曰《琵琶行》。

　　浔阳江头夜送客⑧，枫叶荻花秋瑟瑟⑨。主人下马客在船，举酒欲饮无管弦。醉不成欢惨将别，别时茫茫江浸月。忽闻水上琵琶声，主人忘归客不发。寻声暗问弹者谁，琵琶声停欲语迟。移船相近邀相见，添酒回灯重开宴⑩。千呼万唤始出来，犹抱琵琶半遮面。转轴拨弦三两声⑪，未成曲调先有情。弦弦掩抑声声思⑫,似诉平生不得志。低眉信手续续弹,说尽心中无限事。轻拢慢捻抹复挑⑬,初为霓裳后六幺⑭。大弦嘈嘈如急雨,小弦切切如私语⑮。嘈嘈切切错杂弹,大珠小珠落玉盘。间关莺语花底滑,幽咽泉流水下滩⑯。冰泉冷涩弦凝绝,凝绝不通声暂歇⑰。别有幽愁暗恨生,此时无声胜有声。银瓶乍破水浆迸,铁骑突出刀枪鸣⑱。曲终收拨当心画,四弦一声如裂帛⑲。东船西舫悄无言,唯见江心秋月白。沉吟放拨插弦中,整顿衣裳起敛容⑳。自言本是京城女,家在虾蟆陵下住㉑。十三学得琵琶成,名属教坊第一部㉒。曲罢曾教善才伏,妆成每被秋娘妒㉓。五陵年少争缠头㉔,一曲红绡不知数㉕。钿头云篦击节碎㉖,血色罗裙翻酒污㉗。今年欢笑复明年,秋月春风等闲度㉘。弟走从军阿姨死,暮去朝来颜色故㉙。门前冷落鞍马稀,老大嫁作商人妇。商人重利轻别离,前月浮梁买茶去㉚。去来江口守空船，绕船月明江水寒。夜深忽梦少年事，梦啼妆泪红阑干。我闻琵琶已叹息，又闻此语重唧唧㉛。同是天涯沦落人，相逢何必曾相识㉜。我从去年辞帝京，谪居卧病浔阳城。浔阳地僻无音乐，终岁不闻丝竹声。住近湓江地低湿，黄芦苦竹绕宅生。其间旦暮闻何物，杜鹃啼血猿哀鸣㉝。春江花朝秋月夜㉞，往往取酒还独倾。岂无山歌与村笛，呕哑嘲哳难为听㉟。今夜闻君琵琶语，如听仙乐耳暂明。莫辞更坐弹一曲，为君翻作琵琶行㊱。感我此言良久立，却坐促弦弦转急㊲。凄凄不似向前声，满座重闻皆掩泣。座中泣下谁最多，江州司马青衫湿㊳。

① 元和十年：即公元 815 年。

② 左迁：贬官。九江郡：隋郡名，唐初置江州，天宝元年（742）改为浔阳郡，乾元元年（758）复改江州，治所在今江西九江。这里沿用旧郡名。司马：州郡官名，在唐代，实际

已成闲员。

③ 湓浦口：即湓口，在九江西水入江处。

④ 京都声：指唐代京城长安流行的乐曲声调。

⑤ 善才：当时对技艺高超的乐师的通称。元稹《琵琶歌》也提
到穆、曹二善才，可见二人在当时很有名。

⑥ 贾人：商人。

⑦ 长句：指七言诗。

⑧ 浔阳江：长江流经九江北一段的别名。

⑨ 瑟瑟：风吹草木声。

⑩ 回灯：重新张灯。

⑪ 转轴拨弦：写弹奏前调弦校音的准备动作。三两声：指试
弹几声。

⑫ 掩抑：指用掩按抑遏的手法奏出低沉、忧郁的声调。思：
情思。这里指曲调声声哀怨有情思。

⑬ 轻拢句：拢，以手指扣弦。捻，以手指揉弦。右手顺手下拨
为抹，反手回拨叫挑。拢、捻用左手，抹、挑用右手，都是弹
琵琶的指法。

⑭ 霓裳：即《霓裳羽衣曲》。六幺：当时京城流行的曲调名，
又名《绿腰》、《录要》。

⑮ 大弦二句：大弦、小弦，分指琵琶四根弦当中最粗与最细的弦。嘈嘈，形容声音沉重舒长。切切，形容声音轻细绵密。

⑯ 间关二句：段玉裁《与阮芸台书》云："'泉流水下滩'不成语，且何以与上句属对？昔年曾谓当作'泉流冰下难'，故下文接以'冰泉冷涩'。难与滑对，难者，滑之反也。莺语花底，泉流冰下，形容涩、滑二境，可谓工绝。"间关，鸟叫声。

⑰ 冰泉二句：写琵琶声由涩继续向前发展，到暂时停歇的过程。凝绝，凝结不通。

⑱ 银瓶二句：写在经过短暂的停顿之后，又突然发出强劲激昂的声音。铁骑，精锐的骑兵。骑，读去声。

⑲ 曲终二句：写演奏到尾声时，戛然而止。拨，弹琵琶用来拨弦的工具，形状如很薄的斧头。当心画，在琵琶的中心对着四条弦用拨猛然一划，借以结束全曲。如裂帛，形容声响强裂清脆。

⑳ 敛容：收敛起面部的表情，形容严肃矜持而有礼貌的样子。

㉑ 虾蟆陵：在长安城东南曲江附近，相传此地为汉朝学者董仲舒墓地所在，其门人过此，必下马致敬，遂名"下马陵"，后音讹成虾蟆陵。唐代是歌姬舞妓聚居的地方。

㉒ 教坊：唐时在长安设立左右教坊，掌管乐伎，教练歌舞。

㉓ 秋娘：唐代歌舞妓多以秋娘为名。这里泛指长安的美貌妓女。

㉔ 五陵：汉代五座皇帝陵墓：长陵、安陵、阳陵、茂陵和平陵，这一带多为富贵之家所居。五陵年少，指纨绔子弟。缠头：当时习俗，歌舞者表演完毕，赏者以罗锦等珍贵织品为赠，叫做"缠头彩"。

㉕ 绡：一种精细轻薄的丝织品。

㉖ 钿头句：意谓珍贵的物品，因歌舞击节而被打碎。钿头云篦，两头镶有金翠珠宝的发篦，并非真正用来梳头的。击节，打拍子。

㉗ 血色句：和少年们戏谑乃至泼翻了酒，将红罗衣污染。

㉘ 等闲度：随随便便度过。

㉙ 颜色故：容颜衰老。

㉚ 浮梁：唐属饶州，今江西景德镇。盛产茶叶，是当时茶叶一大集散地。

㉛ 唧唧：叹息声。

㉜ 同是二句：意谓彼此遭遇、心情既然相似，虽素不相识，也能一见如故。

㉝ 杜鹃啼血：相传杜鹃鸟的啼声最苦，甚至能口中流血。

㉞ 春江句：即"春江花朝，秋江月夜"的省略。

㉟ 呕哑嘲哳：都是杂乱不悦耳的声音。

㊱ 翻：按照曲调写成歌词。

㊲ 却坐：退回原处，重新坐下。

㊳ 青衫：唐时官职最低的服色。当时作者虽职任州司马，而官阶是将仕郎，为从九品，所以穿青衫。

　　这首诗作于被贬江州的第二年。"童子解吟《长恨》曲，胡儿能唱《琵琶》篇"，它和《长恨歌》共同成为诗人影响深远、流传千古的名作。在长篇叙事诗的创作艺术上，《琵琶行》较《长恨歌》又有了长足的发展。《长恨歌》是叙事过程中渗透着浓郁的抒情气氛，而《琵琶行》则既是琵琶女和听琵琶的诗人"天涯沦落"命运的传奇故事诗，又是抒发诗人迁谪之恨的特殊形式的抒情诗。在这首诗里，白居易的同情固然进一步烘托出琵琶女的可悲命运，而琵琶女昔荣今悴的遭遇也反衬暗示了诗人自己的遭遇，他们之间通过"琵琶声"这个中介，互相映衬,双向交流,最后汇成一个主题:天涯沦落的共同感慨。这种格局的叙事诗,在白居易之前还从未有过。作为一首特殊形式的抒情诗,琵琶女"天涯沦落"的命运和她的"幽愁暗恨"成了诗人抒情的一种触发物,一种凭借和载体,因此它可以说是白居易的贬谪者之歌。陈寅恪说《琵琶行》:"既专为此长安故倡女感今伤昔而作,又连绾己身迁谪失路之怀。直将混合作此诗之人与此诗所咏之人二者为一体,真可谓能所双亡,主宾俱化,专一而更专一,感慨复加感慨。"(《元白诗笺证稿》第二章)

诗中的琵琶女是一位色艺双全、感情丰富而又根本不能掌握自己命运的市民社会下层女子,这个形象更是一个以前文学作品中不曾有过的新的艺术形象。与《琵琶行》同时或稍后,有刘禹锡《泰娘歌》、元稹《琵琶歌》、李绅《悲善才》、杜牧《张好好诗》、《杜秋娘》诗,说明描写这类人物命运和生活(中唐传奇小说中更是屡见不鲜)是当时创作的一种风尚,这就透露了封建社会的文学将要发生重大变化的消息。市民阶层的生活与人物在以后的文学中将占越来越大的比重,而传统的抒情言志的诗歌将逐渐为叙事性文学所取代,《琵琶行》正是比较鲜明地体现了这种转变的重要作品。从此,写风尘女子的命运就成了一个母题,历宋、元、明、清,在各式文学体裁中出现了一系列成功的作品。从宋代小说中的李师师,到元曲中赵盼儿、谢天香,一直到孔尚任《桃花扇》中的李香君、吴伟业《圆圆曲》,到近代的樊增祥的《彩云曲》,这个风尘女子人物画廊的系列,其源头就是白居易的《琵琶行》。

诗人作为一个贬谪长者的形象,也同样具有其特殊的时代典型性。安史乱后,唐王朝国势衰弱,问题成堆,因此贞元、元和时期的封建士大夫都积极参与政治革新,但这些改革与改革者的命运都很悲惨,"永贞革新"中的刘禹锡、柳宗元等被贬到远郡僻州,柳宗元窜死柳州,韩愈两次上书言事被贬,白居易此时谪居江州,元稹亦贬谪困顿州郡十余年。这种改革者"天涯沦落"的命运带有时代的悲剧色彩,成为这一时期诗歌的重要题材和主题。刘、柳、韩、元、白等人都写了不少贬谪诗篇,但他们中多数人基本上都是继承前人用抒情诗的形式创作，只有白居易别开生面，借助叙述琵琶女的身世以及自己和她的交往来抒写迁谪之恨，从而获得了极大的成功。从此而后，"江州司马青衫湿"就成为表现迁谪之恨的一种典型。

"同是天涯沦落人，相逢何必曾相识"，这是全篇中最为重要、最有概括性的两句，是《琵琶行》的诗眼。它表现为一种同命运者和知音者的心灵感应和共鸣，其中似乎透露出对于人的尊重的朦胧民主意识。在某种意义上说，它比琵琶女这个具体形象的出现也许更重要，这种思想感情，标志着中下层的封建文人和市民社会联系、接触的开始，标志着他们之间思想感情的接近，一些敏感、失意文人已经隐约感到：他们与琵琶女这样的下层人物之间有着相似命运和造成这种命运的相同的社会根源，这正体现了一种朦胧的时代觉醒。这一点，对以后的文学发展无疑有着深远的意义。

《琵琶行》写得一气卷舒，流畅自如，比起《长恨歌》更从容，作者在琵琶语、琵琶女和听琵琶的诗人这三者当中，首先抓住琵琶女演奏这个关键性的情节和场面，充分展开描写，通过它既写出琵琶女的精湛技艺，更点出她"平生不得志"和"幽愁暗恨"，同时又从作者的感受中暗示出诗人自己不得志的遭遇，起到了一石三鸟的作用。下面再写琵琶女身世和诗人的谪宦生活，结穴到"同是天涯沦落人"，既给人留下深刻印象，又十分贴切自然。精妙的艺术构思，使弹者与听者、音乐与感情、人物与环境融为一体，显得极为集中统一和完整。

中国古代的音乐艺术和音乐理论都相当发达，而文学作品中关于音乐的完整细致的描写却不太多，出色的尤少。除《琵琶行》外，唐代比较著名的有韩愈《听颖师弹琴》、李贺《李凭箜篌引》，近代小说《老残游记》中白妞说书一段也非常突出。但若就描写的细腻完整，特别是不但写出绝妙的琵琶声，而且还从琵琶声中刻画琵琶女的形象，写出作者的思想感情等方面看，其他几篇都难以望其项背。作者运用了众多成功的艺术技巧来描摹琵琶弹奏，如描写音乐的动人效果，从虚处传神。开头"主人忘归客不发"，结尾"江州司马青衫湿"，这是有声的效果；

"别有幽愁暗恨生,此时无声胜有声"、"东船西舫悄无言,唯见江心秋月白",这是无声的效果。作者还以一连串生动而富于创造性的比喻进行正面的刻画,化无形为有形,于实处见工。如以"急雨"、"私语"、"珠落玉盘"、"莺语花底"、"泉流冰下"、"银瓶水迸"、"铁骑突出"等常见事物为喻,使人很容易通过具体可感的视觉、听觉、触觉形象去领悟音乐的意境之美。从莺语花底的流滑,到泉流冰下的艰涩,从银瓶水迸、铁骑突起的雄壮,到曲终收拨、声如裂帛,诗人用这些复杂多变的比喻有步骤、有层次地写出音调的变化发展和完整的音乐过程。总之,《琵琶行》对音乐的描写取得了杰出的成就。

大林寺桃花①

　　人间四月芳菲尽,山寺桃花始盛开。长恨春归无觅处,不知转入此中来。

① 大林寺:指上大林寺,在庐山西大林峰南。

　　元和十二年(817)四月九日,白居易与友人"自遗爱草堂历东西二林,抵化城,憩峰顶,登香炉峰,宿大林寺。大林穷远,人迹罕到,环寺多清流苍石、短松瘦竹。寺中惟板屋木器,其僧皆海东人,山高地深,时节绝晚。于时孟夏,如正二月天,梨桃始华,涧草犹短,人物风候与平地聚落不同。初到恍然若别造一世界者,因口号绝句云"(《游大林寺序》)。所说绝句即本篇。从序文可知这是一首纪游诗,但因它着眼于对比时节物候之不同,在记述和描写中透出一种理趣。

　　这首诗在结构上采取一呼三应、二呼四应的分应法,"芳菲尽"与"始盛开"相对,"无觅处"与"此中来"相应。人间四月而芳菲尽消,故有春归无觅的长恨,一、三句在情绪上是怨怅;山高地深处的桃花刚刚盛开,则又产生春天转入此间的惊叹,二、四句是欣喜。前半是实境,后半为议论,诗人对自然现象所体悟出的哲理引而不发,耐人寻味。这种作法可以说是后来宋诗中优秀理趣之作的滥觞。

问刘十九①

绿蚁新醅酒②,红泥小火炉。晚来天欲雪,
能饮一杯无?

① 刘十九:嵩阳处士,名未详。白居易有《刘十九同宿》诗云:
"唯共嵩阳刘处士,围棋赌酒到天明。"
② 绿蚁:新酿米酒尚未过滤时,酒中浮渣,酒色微绿,所以叫
"绿蚁"。醅:没经过滤的酒。

这首诗作于诗人被贬江州时期,作者以诗代柬,本
身就带有醇美的诗意。

佳酿新熟,炉火生温,更当天寒欲雪之时,诗人欲招
素心人小饮,三句诗写到了三种色彩:新酿之绿,炉火
之红,雪之洁白,清丽的境界中复含一段雅趣。第四句
妙作问语,将前面层层渲染的景语刹那间化为情语,
"能饮一杯无?"千载之下,仿佛还能闻见诗人那亲切相
问的宛然声口。友人得此小柬,一定会欣然命驾。剩下

之事,便是让我们去感受诗人与刘十九对酌清谈的那种欢快与温馨了。

"寻常之事,人人意中所有,而笔不能达者,得生花江管写之,便成绝唱,此等诗是也。"(俞陛云《诗境浅说续编》)白居易信手拈出一束生活中的浪花,眼前景,口头语,自能沁人心脾。又如《招东邻》诗云:"小榼二升酒,新簟六尺床。能来夜话否?池畔欲秋凉。"情调与《问刘十九》相同。

暮 江 吟

一道残阳铺水中,半江瑟瑟半江红①。可怜九月初三夜②,露似真珠月似弓③。

① 半江句:杨慎《升庵诗话》卷三:"言残阳铺水,半江之碧,如瑟瑟之色;半江红,日所映也。可谓工致入画。"瑟瑟,一种碧色宝玉的名称,一说即青玉。

② 可怜:可爱。

③ 露似句：真珠，即珍珠。江淹《别赋》："秋露如珠，秋月如圭。"因为是上句初三夜，月牙儿刚出，所以说"月似弓"。

这首诗是白居易在江州司马任上作。全诗将两个不同时间里的两幅画面自然而真实地融合在一起，"写景奇丽，是一幅着色秋江图"（《唐宋诗醇》评语）。前两句写夕阳西下时的江面上呈现出半明半暗的景象。"铺"字下得逼真、贴切，既有面的感觉，又有从近到远、逐渐铺展的动的感觉。这种动又是极其平缓柔和、亲切安闲的。江水受光的部分火红灿烂，背光的部分碧绿晶莹，色调上形成强烈的对比。恐怕再高明的画家，也难以画出这种意境。后两句写新月东升、凉露初下时的夜景。新月如弓，正是初三之夕。其时露水渐重，如珠光闪烁，正当九月之时。夜色的清迥与前半江天晚景的奇丽相映成趣，能状难写之景如在目前。通首写景，惟在第三句"可怜"二字略见情思，而这种惆怅之思亦如水清愁，了无痕迹。

此诗设色奇丽，风调优美，真可谓丰神绝世，体现了白居易以七绝描写景物的成就。再如江州时期所写的《建昌江》诗：

> 建昌江水县门前,立马教人唤渡船。忽似往年归蔡渡,草风沙雨渭河边。

绝句之法,多以第三句开宕气势,第四句发挥情思。此诗以"忽似"凌空一转,两幅河边待渡图叠加在一起,渭河蔡渡靠近作者故居,建昌江为眼下贬地,同一待渡,情味迥异,乡恋谪恨,虚实相生,情思无限。这种出言平淡而寄慨深沉的诗风,正是白居易的独特风格。

四、闲居泰适　觞咏弦歌(820—846)

　　元和十五年(820)正月宪宗暴卒,穆宗即位。夏初,白居易自忠州召还长安,除尚书司门员外郎;十二月,改授主客郎中、知制诰。穆宗长庆元年(821)十月,转中书舍人。长庆二年,河北藩镇复乱,居易多次上疏言事,但"天子荒纵,宰相才下,赏罚失所宜,坐视贼,无能为,居易虽进忠,不见听"(《新唐书》本传)。于是他请求外任。七月,除杭州刺史;十月,至杭州。

　　白居易少年时慕苏州刺史韦应物、杭州刺史房孺复之风流才调,"以当时心言异日苏、杭苟获一郡,足矣"(《吴郡诗石记》)。因此,出牧杭州可谓了却当年心愿。杭州本江南大郡,当时已是形胜佳丽的繁华都市,居易在此留下了大量优美的诗篇。

长庆三年(823),元稹外放为浙东观察使,居易与其邻郡而治,"为向两州邮吏道,莫辞来去递诗筒"(《醉封诗筒寄微之》),从此两郡常以诗筒往来,两位文友诗歌唱和略无虚日。

在杭州刺史任上,为解决州民饮水问题,他重修李泌开凿的六口水井;又发动百姓筑堤捍钱塘湖,溉田千余顷(《钱塘湖石记》)。长庆四年(824)五月任满,除太子左庶子,分司东都,离任时,他既留恋西湖的美景,"未能抛得杭州去,一半勾留是此湖"(《春题湖上》);"唯留一湖水,与汝救凶年"(《别州民》),又为自己的政绩感到自豪。

唐敬宗宝历元年(825)三月,除苏州刺史,二年以病免郡事。文宗大和元年(827)三月,被征为秘书监,二年转刑部侍郎。此时,朝中牛、李党争日趋激烈,居易以不介入和不争名位的态度来对待党争,以免其害。故大和三年又因病免官,以太子宾客分司东都。他先后以告长假的方式辞去河南尹、同州刺史等职,从此直到逝世,十八年始终住在洛阳。

大和五年(831)七月,挚友元稹卒于武昌,此后,他主要是与刘禹锡为诗友,世称刘、白。开成四年(839)十月,得风痹之疾。武宗会昌二年(842),白居易七十一岁,以刑部尚书致仕。会昌四年,开龙门八节石滩以利舟楫,成为当时闻名的一桩义举。他晚年闲居洛阳履道里,作《醉吟先生传》,自号醉吟先生;又与香山僧如满结香火社,又号香山居士。会昌六年(846)八月卒,终年七十五岁。葬于洛阳龙门山,李商隐为作墓碑。

《唐宋诗醇》说白居易"洎大和、开成之后,时事日非,宦情愈淡,唯以醉吟为事,遂托于诗以自传焉"。他自长庆以来,虽仕途坦顺,已无意于趋竞,委顺思想得到突出的发展。他在《长庆二年七月自中书舍人出守杭州路次蓝溪作》诗中说自己"置怀齐宠辱,委顺随行止","因生江海兴,每羡沧浪水。尚拟拂衣行,况今兼禄仕"。以委顺行之于仕途,一个主要表现就是吏隐,"山林太寂寞,朝阙空喧烦。唯兹郡阁内,嚣静得中间"(《郡亭》)。以太子宾客分司东都时,他的感觉是"朝廷

雇我作闲人"(《从同州刺史改授太子少傅分司》)。这时,白居易又进一步提出"中隐"思想。其诗云:

> 大隐住朝市,小隐入丘樊。丘樊太冷落,朝市太嚣喧。不如作中隐,隐在留司官。似出复似处,非忙亦非闲。不劳心与力,又免饥与寒。终岁无公事,随月有俸钱。君若好登临,城南有秋山。君若爱游荡,城东有春园。君若欲一醉,时出赴宾筵。洛中多君子,可以恣欢言。君若欲高卧,但自深掩关。亦无车马客,造次到门前。人生处一世,其道难两全。贱即苦冻馁,贵则多忧患。唯此中隐士,致身吉且安。穷通与丰约,正在四者间。

从"郡阁"的吏隐到"留司"之中隐,成了白居易后期的仕宦方式,"委顺"成为他后期生活的指导思想。

阮阅《诗话总龟》云:"白乐天洛中高退十余年,度日娱情,惟诗与酒,追游唱和,著在文集。"举例说来,白居易后期与元稹唱和的集子就有《元白唱和因继集》、《三州唱和集》(元、白、崔玄亮)、《杭越寄和集》(元、白、李谅)等,与刘禹锡唱和的集子则有《刘白唱和集》、《刘白吴洛寄和集》等。白居易大和八年(834)作《序洛诗》评价自己后期创作:"实本之于省分知足,济之以家给身闲,文之以觞咏弦歌,饰之以山水风月。"并称自己乃一"闲居泰适之叟"。综观其后期诗歌,确然到了老干无枝、称心而出的境地。

勤政楼西老柳[①]

半朽临风树,多情立马人[②]。开元一株柳,长庆二年春。

① 勤政楼:楼建于玄宗开元中,在长安兴庆宫南,原名勤政务本楼。徐松《唐两京城坊考》卷一:"楼南向,开元八年造。每岁千秋节酺饮楼前。元和十四年以左右军官健三千人修勤政务本楼。按:明皇劳遣哥舒翰及试制举人,尝御此楼,楼前有柳。"《旧唐书·音乐志》:"玄宗在位多年,善音乐,若筵设酺会,即御勤政楼。"

② 半朽二句：暗用桓温之典。东晋桓温北征途中，见昔日手
　　种柳树皆已十围，遂感慨道："木犹如此，人何以堪！"

　　这首诗作于长庆二年（822）春在长安中书舍人任
上。全诗四句皆作对语，一、二句说自己面对半朽之树
而临风立马，颇觉伤情。三、四句则云此柳树乃开元年
间所植，而今已至长庆二年春天矣。出语看似率易，而
"开元"、"长庆"四字中，实寓无限俯仰悲感。

　　唐贞观与开元两个时代，是白居易最为向往的盛
世，太宗、玄宗"用房、杜、姚、宋之佐，谋猷启沃，无怠于
心；德泽施行，不遗于物。所以刑措而百姓欣戴，兵偃而
万方悦随。近无不安，远无不服。虽成、康、文、景，无以
尚之"（《策林》八）。长庆二年之政何如？"时天子荒
纵不法，执政非其人，制御乖方，河朔复乱。居易累上疏
论其事，天子不能用，乃求外任。七月，出为杭州刺
史。"（《旧唐书》本传）其《初罢中书舍人》诗云："性疏
岂合承恩久？命薄元知济事难。"又《病中对病鹤》诗
云："未堪再举摩霄汉，只合相随觅稻粱。"今诗人伫立

玄宗勤政务本楼前，唯见开元之柳半朽，而开元之政久息；自开元至于长庆，期间国运之隆替、耆旧之凋零，等于无痕春梦，惟有当年垂柳，依依青眼，阅尽沧桑。全诗仅及开元之树、长庆之人，深意只于"多情"二字微微一逗。不着言诠，却含凄无限。居易元和初年登朝时直道而行，语多发露；贬至江州，多感伤自思；长庆而后，如此诗则更蕴藏。诗风屡变，亦时势使然，不得不变。

采　莲　曲[①]

　　菱叶萦波荷飐风[②]，荷花深处小船通。逢郎欲语低头笑，碧玉搔头落水中[③]。

① 采莲曲：乐府曲名，《江南弄》七曲之三。

② 荷飐风：荷叶因风而动。

③ 碧玉搔头：碧玉簪。

　　这首诗表现江南水乡青年男女爱情生活的一个片

断,写得形象生动而富有情趣。首句写景,实则为下文写情铺垫。初恋双方于荷花深处相会,故而首句中的"萦"字、"飐"字,不仅是写菱叶随波荡漾萦回,出水芰荷因风颤动不已,分明也展现了相恋者那种青春微颤的声息。三、四句是相见时女子一刹那的娇羞情态,欲语先笑,低头羞涩间,竟掉下了簪发的碧玉搔头。通过细节刻画,留下了包孕非常丰富的片刻,让人们去品味健康美好的情思。

白居易诗善于描摹各类女性心理,再如:

泪湿罗巾梦不成,夜深前殿按歌声。红颜未老恩先断,斜倚熏笼坐到明。

——《后宫词》

寒月沉沉洞房静,珍珠帘外梧桐影。秋霜欲下手先知,灯底裁缝剪刀冷。

——《寒闺怨》

《后宫词》是代失宠宫女所作的怨词,反映深宫妇女悲惨的命运。首句写其失宠后泪流无尽,夜不成眠。次句

写君王另有宠幸,正在前殿笙歌按彻。夜深之时,一悲
一喜、一苦一乐,如此悬殊。三句刻画怨的心理,中途见
弃,皆因人主寡恩,更点明自古宫女的悲剧命运。末句
写她惟有耐寒倚火,坐待天明,描绘宫女倍受煎熬的形
态,正反衬出其内心的无限凄清。作宫怨诗,一般多借
物以寓悲,此诗却直书其事,四句皆倾怀而诉,无穷的幽
怨都在"坐到明"三字之中。《寒闺怨》则写闺中思妇因
征人久戍未归而产生的情感。前半写闺房静谧幽独的
环境,突出表现外界客观景物之"寒"。后半写思妇之
怨,着意表现其内心之"冷"。然而,最为巧妙的是诗人
并未直接抒写,却只是写到她从手中的剪刀之冷而感到
天气的变化为止。对征人衣单的关切,以及自己默默承
受的别离之苦,统统让人于言外得之。

钱 塘 湖 春 行①

孤山寺北贾亭西②,水面初平云脚低③。
几处早莺争暖树,谁家新燕啄春泥。乱花渐欲

迷人眼，浅草才能没马蹄。最爱湖东行不足，
绿杨阴里白沙堤④。

① 钱塘湖：即杭州西湖，三面环山，湖中有白堤、苏提（宋苏轼
任杭州太守时所修），将湖面分为里湖、外湖、后湖，四时风
景佳美，为游览胜地。

② 孤山：在西湖中后湖与外湖之间，孤峰独秀，景物清幽，山
上有孤山寺，陈文帝天嘉（560—566）初年建。贾亭：一名
贾公亭。《唐语林》卷六："贞元中，贾全为杭州（刺史），于
西湖造亭，为贾公亭；未五六十年，废。"

③ 云脚：雨前或雨后接近水面的云气。

④ 白沙堤：即白堤，又称断桥堤。白居易在杭州时，曾修堤蓄
水，以溉民田，其堤在钱塘门之北。后人误以白堤为白氏
所筑之堤。

　　这首诗是长庆三年或四年春，诗人任杭州刺史时歌
咏钱塘湖风光之作。全诗紧扣"春行"二字，展现春游
时的所见所感，不但成功地描绘出西湖早春的旖旎风

光,还画出了自己新鲜愉悦、惬意流连的情思。

首联点明春行的起点和早春时湖水初涨、云脚低垂的迷人景色。两句句中自对,构成顾盼自如的风调。中间两联以代表性的景物勾勒出一幅生意蓬勃的西湖早春图,早莺、新燕、乱花、浅草,它们是西湖初春时最鲜明的特色;"争"、"啄"、"迷"、"没"等动词,又使这些景物充满了生命的活力;而"几处"、"谁家"、"渐欲"、"才能"等词语,恰到好处地传达出诗人在盎然的春意中那种清新明快、骀荡欢悦的感受。金代王若虚《滹南诗话》说白诗"随物赋形,所在充满"。这里有乱花浅草的迷人之色,有莺啼燕语的婉转之声,有花草春泥的芬芳气息,有早春温暖融怡的气氛,不仅写出了西湖早春景物的外在形态,而且传达出其内在的生机与意态,写出了自然美所给予诗人的饱满意兴。尾联是春行终点,以咏叹的情调表现诗人对西湖春景的欣赏。

全诗以白描取胜,从"孤山寺"起,至"白沙堤"止,以"行"为构思脉络,其间转折变换不见痕迹。这正是薛雪《一瓢诗话》所说的乐天诗有"章法变化,井然有序"的特色。其语言清新自然，优游不迫，有意到笔随之妙。

"欲把西湖比西子，淡妆浓抹总相宜"，这首诗描绘的是刚刚披上春天外衣的西湖，完全是早春风光，仿佛是一个淡妆的西施。诗人题咏西湖的佳作很多，当以此诗为第一。它如《春题湖上》：

> 湖上春来似画图，乱峰围绕水平铺。松排山面千重翠，月点波心一颗珠。碧毯线头抽早稻，青罗裙带展新蒲。未能抛得杭州去，一半勾留是此湖。

此诗是诗人任期将满，即将离开杭州时所作。首句"画图"二字是诗眼，以下五句皆实写画图中景象，结尾以不舍之意收束。在表现手法上与《钱塘湖春行》纯用白描不同，它以精妙的比喻来描绘西湖的湖光山色，如"千重翠"、"一颗珠"、"碧毯线头"、"青罗裙带"等，形象鲜明，具有浓郁的生活气息。曲尽西湖美景，又仿佛是一个浓妆的西子。

清田雯《古欢堂集》说："乐天诗极清浅可爱，往往以眼前事为见得语,皆他人所未发。"白居易这两首题咏西湖的诗篇就是典型例证。

杭 州 春 望

望海楼明照曙霞①,护江堤白踏晴沙。涛声夜入伍员庙②,柳色春藏苏小家③。红袖织绫夸柿蒂④,青旗沽酒趁梨花⑤。谁开湖寺西南路?草绿裙腰一道斜⑥。

① 望海楼:诗人原注云:"城东楼名望海楼。"在凤凰山杭州刺史治所内。

② 伍员庙:在杭州吴山(胥山)上。伍员,字子胥,春秋时楚国人,因父兄被害,逃到吴国,佐吴王阖庐打败楚国;又佐夫差打败越国。后来夫差听信谗言,杀死伍员。神话传说:因他怨恨吴王,死后驱水为涛;故有"子胥涛"之称。历代都为他建立祠庙,称伍公庙。

③ 苏小:即苏小小。南齐时钱塘名妓,西湖有苏小小墓。

④ 柿蒂：一种绫缎的花纹。诗人原注："杭州出柿蒂，花者尤佳也。"

⑤ 梨花：诗人原注云："其俗酿酒趁梨花时熟，号为梨花春。"

⑥ 草绿句：诗人原注云："孤山寺路在湖洲中，草绿时望如裙腰。"

　　这首诗作于长庆三年杭州刺史任。白居易另有《东楼南望八韵》诗云："不厌东南望，江楼对海门。""郡中登眺处，无胜此东轩。"此诗题"杭州春望"，则诗人望的立足点是在高迥的"望海楼"上。首联写望中的杭州东南之景，境界阔大，气势非凡。将"望"的时间放在清晨，放在"曙霞"的映照之中，格外令人神往。颔联描绘城内最为典型的景象。《唐宋诗醇》说："入字、藏字，极写望中之景。"上句承第二句之"江"字，自然引出钱塘潮，并把它与伍员庙巧妙地勾连起来。诗人用一"入"字，仿佛还能听到伍子胥昨夜的驱涛之声，从听觉上写活了伍员庙这一历史名胜。下句正面点出题中的"春"字。白居易《杨柳枝词》云："若解多情寻小小，绿杨深处是苏家。"一个"藏"字,即赋予杨柳以动人的情感,仿佛它特别珍爱那油壁香车、欲结同心的苏小小。颈联由吟咏典故转入写现实中的风物人情之美。据作者自注,他所选择的是具有杭州特色的锦缎与梨花春酒,不仅"梨花"切合春意,而且"红袖织绫"也显示出劳动的人们在春天里的无限活力。尾联再写西湖美景,"西南路"指由断桥向西南通过湖中到孤山的长堤,即白堤。沿堤绿草如茵,"望如腰带",落句结足春意。

这首七律与作者其他描写西湖、杭州景色的诗篇不同,除了最后两句为一景外,其余则是一句一景,故诗中的意象颇为繁复,色彩也极其秾丽,融名胜古迹、自然风光与风物人情于一炉,并且还通过自注的方式,让读者明了一些意象的双关含意。一反诗人自己惯常的白描、素淡风格,而对晚唐风格秾丽的诗歌产生了影响。

《杭州春望》是写登楼晨望之景,而《西湖晚归回望孤山寺赠诸客》则是写西湖傍晚回望之景:

> 柳湖松岛莲花寺,晚动归桡出道场。卢橘子低

山雨重，棕榈叶战水风凉。烟波淡荡摇空碧，楼殿
参差倚夕阳。到岸请君回首望，蓬莱宫在海中央。

首联点"西湖晚归"之题，第二句表明诗人已身在舟中，
故首句渐次写湖到岛再写寺，实则已暗寓"回望"之意。
中间四句写景，从小大远近分写，都是诗人回望中所见。
这四句句法挺健，"重"、"战"、"摇"、"倚"四字下得极
为警拔，让人觉得全诗有一种飞动之感。尾联写舟行抵
岸后，再远远回首而望，但不再像前面那样实写，而是巧
妙地运用虚拟之笔，写孤山寺在湖中的倒影，总括一句
收足题面。全诗笔势饱满酣畅，虚实相生，不到西湖，不
知此诗写景之工。

除苏州刺史别洛城东花①

乱雪千花落②，新丝两鬓生。老除吴郡
守③，春别洛阳城。江上今重去④，城东更一
行。别花何用伴，劝酒有残莺⑤。

① 除苏州刺史：宝历元年（825）三月四日，白居易由太子左庶
   子分司东都除苏州刺史，二十九日发洛阳，五月五日到任。
   见其《苏州刺史谢上表》。

② 乱雪句：其《洛城东花下作》诗自注："旧诗云：'洛阳城东
   面，今来花似雪。'又云：'更待城东桃李发。'又云：'花满洛
   阳城。'"知洛城东多桃李花。

③ 吴郡：即苏州。吴郡守，即苏州刺史。

④ 江上句：长庆二年（822）七月白居易除杭州刺史。苏、杭均
   在江南，故云"重去"。

⑤ 劝酒句：晋处士戴颙春日携斗酒，往树下听黄鹂（即黄
   莺）曰："此俗耳针砭，诗肠鼓吹。"这里暗用其意。残莺，花
   落莺将去，故曰残。

　　宝历元年暮春，五十四岁的诗人出守苏州，行前到
洛城东探花并作此诗。白居易在洛阳，屡有城东之游，
如《洛城东花下作》云："记得旧诗章，花多数洛阳。及
逢枝似雪，已是鬓成霜。"此诗首联从"花"字发端，千花
乱雪与两鬓新丝对起，一"落"一"生"，寓慨深沉。颔联
二句以"老"字、"春"字顺承上联；"除吴郡守"、"别洛

阳城"点"除苏州刺史别洛城"之题面。牧守苏州为少时心愿,怎堪此间宦情已老;花满洛城令人留恋,无奈春深却要作别。颔联上句接第三句,去年刚罢杭州,今春又领吴郡,故曰"今重去";下句接第四句,再应题中"城东"二字,而以"更一行"转出下意。尾联"别花"即"别洛城东花",又以"花"字回缴开头。"何用"、"有"的兜转,颇见疏放孤介之态。

这首五律笔法交叉回互,逐层写足诗题,在对仗之中将别花之情表达得沉挚浑成,而出语仍是一以贯之的自然平易,高步瀛《唐宋诗举要》评曰:"香山晚年之作,多近颓唐,此首特觉风格遒上。"除此而外,诗人晚年优秀的五律诗篇还如:

> 小宴追凉散,平桥步月回。笙歌归院落,灯火下楼台。残暑蝉催尽,新秋雁带来。将何迎睡兴?临卧举残杯。

> ——《宴散》

> 凉冷三秋夜,安闲一老翁。卧迟灯灭后,睡美雨声中。灰宿温瓶火,香添暖被笼。晓晴寒未起,

霜叶满阶红。

——《秋雨夜眠》

《宴散》诗作于大和五年（831）河南尹任上，是一次宴散后的即兴之作。通篇以"追凉散"三字为诗眼，结尾微逗孤寂之感，但因颔联对笙歌、灯火等气氛的渲染，及颈联写暑尽秋来的凉爽舒适，故"平桥步月回"、"临卧举残杯"的诗人形象显得洒脱放旷，并无晚唐诗人写此类题材的落寞凄凉。《秋雨夜眠》作于开成元年（836），时诗人以太子少傅分司东都。以季节的"凉冷"，心态的"安闲"来写夜眠的睡美，"灰宿温瓶火，香添暖被笼"，在平易中微作拗折；尾联用晓晴、红叶振起全篇，犹能体现诗人晚年的豁达乐观。将一件寻常之事写得如此自在满足，显示出白诗深厚的艺术底蕴。

杨柳枝词八首（选一）

红板江桥青酒旗①，馆娃宫暖日斜时②。

可怜雨歇东风定③，万树千条各自垂。

① 红板江桥：当时苏州木桥多饰以红色。白居易任苏州刺史
时作《正月三日闲行》诗，即有"红栏三百九十桥"之句。

② 馆娃宫：故址在苏州灵岩山上，吴王夫差筑以馆西施，而吴
人称美女曰娃，故名。

③ 可怜：可爱。

大和、开成年间，白居易在洛阳依新声而作《杨柳枝词》，"古歌旧曲君休听，听取新翻《杨柳枝》"，刘禹锡与之唱和，当时传唱。这是组诗的第四首。唐人《杨柳枝词》都咏本题，以柳为歌咏的主要对象，故前两句描绘姑苏美景，可以看作是咏柳的背景。苏州水道众多，到处都是红色的小木桥，青青的酒旗亦随处可见，馆娃宫在雨后夕阳的余晖下，仿佛也披上了一层暖色。诗中之景设色秾丽，丰韵无限，令人顿生思古之幽情。在如此空灵、梦幻的境界中，那千树万树的柳条无风自垂，呈现出令人心颤神醉的娴静之美。咏杨

柳多写其迎风起舞，这里却专从风定着笔，并且，静态的柳条与馆娃西施还构成了一种若即若离的关系，情味悠然，别有一番风致。后两句可谓"无意求工，自成绝调"（查慎行语）。

居易洛中诗多有咏柳佳作，再如《魏王堤》：

> 花寒懒发鸟慵啼，信马闲行到日西。何处未春先有思，柳条无力魏王堤。

魏王堤在洛阳城中魏王池上，为唐时游览胜地。岁暮凄寒，鸟慵花懒，斜日西沉之际，诗人在魏王堤上信马行吟。其时春气已萌，虽枯干萧森，而堤柳已含有回春之意，故万缕垂垂，逗人情思。刘禹锡《罢和州游建康》诗以"秋水清无力"状水势之衰，此诗以"无力"二字状柳意之含春，体物精巧，异曲同工。杜甫《腊日》诗云"漏泄春光有柳条"，白诗言"未春先有思"，则更进一层。"花懒"、"鸟慵"、"柳条无力"，都是未春景象，然而柳之春思，乃是诗人所觉，这里正显出诗人心灵的敏感，不必等到它"漏泄"春光。

与梦得沽酒闲饮且约后期①

少时犹不忧生计,老后谁能惜酒钱。共把十千沽一斗②,相看七十欠三年。闲征雅令穷经史③,醉听清吟胜管弦④。更待菊黄家酝熟⑤,共君一醉一陶然。

① 梦得:刘禹锡字梦得,时官太子宾客分司,与白居易同在洛阳。

② 十千:十千钱。沽:买酒。斗:古代酒以升斗论量。曹植《名都篇》:"美酒斗十千。"王维《少年行》:"新丰美酒斗十千。"

③ 闲征句:征引经史文句以行酒令。雅令:指酒令。穷:穷尽,此犹言广征博引。

④ 清吟:指吟唱诗句。

⑤ 家酝:自己酿的好酒,以别于市卖的、质量不高的酒。

这首诗作于开成三年(838),时白居易以太子少傅分司,刘禹锡以太子宾客分司,俱在东都洛阳。"甲子等头怜共老,文章敌手莫相猜。"(《喜梦得自冯翊归洛兼呈令公》)白居易与刘禹锡为甲子同年,大和五年(831)元稹死后,刘禹锡成了白居易晚年最亲密的诗友,文章敌手,刘、白齐名。这首诗写沽酒闲饮,及时行乐,将老境中的陶然情怀写得充满浓郁的诗意。

首联起句为了加强次句的力量,把时光一直延伸铺垫到少时,年少尚且不担忧生计,经常饮酒,何况到了老年呢?轻轻一转就转到下句。颔联上句紧接着具体说明是怎样的不惜酒钱:"共把十千沽一斗",表示真是从少到老都非常爱酒;下句乃全诗的关键句,它既总结前三句,又开拓后四句。俗话说"人生七十古来稀",而今自己和梦得距离七十仅欠三年,再不及时饮酒行乐又该等到何时!"十千沽一斗"对"七十欠三年",外表似乎毫不相干,而内在联系却紧密之至,这在白诗中可谓是神来之笔。颈联是闲饮情态,尾联为"且约后期",它们莫不照应第四句,渲染老境中的行乐之意。诗人通过"共把"、"相看"、"共君"等词,将自己与梦得双写;前半语言平易,后半雅切,以极流畅的笔意加以贯穿,创作上亦达到了老干无枝的程度。

白居易对刘禹锡的蹭蹬坎坷、牢落不偶表达了深深的同情,并对梦得的文采胸襟作了高度的评价,如:

> 换印虽频命未通,历阳湖上又秋风。不教才展
> 休明代,为罚诗争造化功。我亦思归田舍下,君应
> 厌卧郡斋中。好相收拾为闲伴,年齿官班约略同。
>
> ——《答刘和州禹锡》
>
> 四海齐名白与刘,百年交分两绸缪。同贫同病
> 退闲日,一死一生临老头。杯酒英雄君与操,文章
> 微婉我知丘。贤豪虽殁精灵在,应共微之地下游。
>
> ——《哭刘尚书梦得二首》其一

前诗作于宝历元年(825)苏州刺史任上,刘禹锡辗转于朗、连、夔、和等州,久为世所弃,然诗穷而后工,在元和诗坛自树一帜。杜甫说李白是"文章憎命达,魑魅喜人过"(《天末怀李白》),韩愈评价柳宗元云:"然子厚斥不久,穷不极,虽有出于人,其文学辞章必不能自力以致必传于后如今无疑也。虽使子厚得所愿,为将相于一

时，以彼易此，孰得孰失，必有能辨之者。"(《柳子厚墓志铭》)白诗亦谓梦得："不教才展休明代，为罚诗争造化功。"千古文人，其幸也，其不幸也！然知音之言，实可与杜、韩声气相通，鼎足而三。

会昌二年秋，刘禹锡病逝，居易作《哭刘尚书梦得二首》以哀挽悼念，标举春秋文章微婉之旨，概括梦得一生遭际。刘禹锡与元稹亦知交，微之卒后，白作《寄刘苏州》云："泣罢几回深自念，情来一倍苦相思。同年同病同心事，除却苏州更是谁。"此诗"杯酒英雄君与操"，正为乐天称许元九"所谓天下英雄，唯使君与操耳"(《和微之诗二十三首序》)之言，其交谊契合如此。居易《刘白唱和集解》以刘禹锡为"诗豪"，《醉赠刘二十八使君》誉为"国手"，此又称其为"贤豪"，三复斯言，梦得生前足以当之，而死后亦无憾矣。

忆 江 南

江南好，风景旧曾谙①。日出江花红胜

火②，春来江水绿如蓝③，能不忆江南。

① 谙(ān)：熟悉。
② 江花：江畔的鲜花。
③ 蓝：一种叫蓼蓝草的植物，可以制作靛青。

白居易年轻时曾游历江浙，唐穆宗长庆二年到唐敬宗宝历二年（822—826）又先后任杭州、苏州两地刺史，这两个地方的风景正是江南风景的精华。这首词即抒写了作者对于江南美丽风景的深情追忆。

"日出江花红胜火，春来江水绿如蓝"，这两句是全词的中心画面，突出渲染江花、江水红绿相映的明艳色彩，给人以光彩夺目的强烈印象。其中，既有同色调间的相互烘托，又有异色调间的相互映衬，充分显示了作者善于着色的技巧。

作者没有去渲染千里江南的整幅画面，而是把江南最有代表性的景物——江水、江花，最令人喜悦兴奋的时间——清晨日出，最充满生机活力的季节——春天都集中起来了,成了"江南春"的结晶。从这有代表性的一片江花、一江春水中,就可以让人想象到更为广阔的、充满生命力的江南春色。并且,这两句写景不是一般的描绘江南风景,而是词人对江南风景的深情追忆,是经过多年时光的无情冲刷,仍然鲜明地刻在脑海里的最突出的印象。虽然只有两句,却同样能给读者留下深刻的印象。

为了凸现这个中心画面,作者充分运用了虚实相生、烘云托月的手法。先开宗明义说"江南好",接着又说"风景旧曾谙",把赞叹、流连、怀念之情先酿足,然后再正面描绘江南风景,描绘之后又紧接着补上一句"能不忆江南",充满咏叹的情调,这样一来,中间那两句正面写景的句子因为有前后的映衬、烘托而显得更加光彩照人,而前后三句用作映衬、烘托的句子又因为中间这两句成功的写景而获得充实的内容与生命,显示了它的勾魂摄魄似的艺术魅力,甚至让你感到"能不忆江南"这充满深情的咏叹本身就足以使你唤起许多美好的想象。

白居易创作这首词的时间大约是文宗开成三年（838），距其苏、杭刺史之任已逾一纪。他在《见殷尧藩侍御〈忆江南诗〉三十首……因继和云》诗中说："江南名郡数苏杭，写在殷家三十章。君是旅人犹苦忆，我为刺史更难忘。境牵吟咏真诗国，兴入笙歌好醉乡。为念旧游终一去，扁舟直拟到沧浪。"殷尧藩乃苏州嘉兴（今浙江嘉兴）人。所以，词中的追忆还不是生长在南方的人，由于久居北方而引起的那种对家乡风物的记忆，而是在北方生长、有幸领略过南方绮丽风光的人，此刻又身居北方故土，对往昔所历的江南风光如醉如痴的追忆与思念。当他发出"能不忆江南"的咏叹时，心里已经感到那是一段成为过去，永远不可重复的美好记忆了。因此，不能把这首词简单地看成一首写景之作，其实，它的抒情成分也许更多一些，它的艺术感染力恐怕主要也取决于它的抒情气氛。

《忆江南》第二、三首则分写苏、杭天堂所留给自己最美的印记：

江南忆，最忆是杭州。山寺月中寻桂子，郡亭枕上看潮头。何日更重游?

　　江南忆,其次忆吴宫。吴酒一杯春竹叶,吴娃
双舞醉芙蓉。早晚复相逢?

早在初唐,宋之问就以"桂子月中落,天香云外飘。楼
观沧海日,门听浙江潮"的诗句名闻遐迩,白居易在吏
守杭州时亦屡赞灵隐月桂与钱塘潮头,故用貌似平常实
则典型的"寻桂"、"看潮"二事道尽杭州之美。忆苏州,
突出竹叶春酒和双舞吴娃,酒添诗兴,芙蓉如面,"吴"
字三次回环,真有一唱三叹之妙。三首词一总二分,完
整流畅,而每首词却又相对独立,即使单从篇章的构画
上看,也给后来词人的创作起到了良好的示范作用。

览卢子蒙侍御旧诗多与微之唱和
感今伤昔因赠子蒙题于卷后①

　　早闻元九咏君诗,恨与卢君相识迟。今日
逢君开旧卷,卷中多道赠微之。相看掩泪情难

说,别有伤心事岂知。闻道咸阳坟上树^②,已抽
三丈白杨枝。

① 卢子蒙侍御:白居易《七老会诗》:"前侍御内供奉卢贞,今
　　年八十三。"《元稹集》中如《初寒夜寄卢子蒙》及《城外回
　　谢子蒙见谕》等诗屡及之。
② 咸阳坟:大和五年七月,元稹卒于鄂州,次年七月,葬于咸
　　阳县奉贤乡洪渎原。

　　这首诗作于会昌元年(841),时居易年七十,闲居
洛阳。他翻阅卢贞旧诗,发现元稹的唱和之作,虽微之
已逝十年之久,但诗人对亡友的痛悼之情一如既往,遂
在卢贞的诗卷后题下了这首七律。
　　首联说自己于卢君有相见恨晚之感,是因为早年挚
友元稹吟诵卢诗,追溯往事,借卢贞以引出元稹。颔联
说今日与君聚首,披阅旧卷,多有相赠元稹之诗,而斯人
已矣,让人徒生感伤之情。颈联即正面抒情,思念故友,
两人情难自禁而老泪纵横;作为新朋,各自伤心之事实

难深究。尾联以"闻道"一语领起,用想象中的境界来
拓开诗境,以景结情,那咸阳坟头,白杨抽枝的景象更深
一层地表达了诗人心中的感慨悲伤。《唐宋诗醇》评论
说:"清空一气,直从肺腑中流出,不知是血是泪,笔墨
之痕俱化。"

　　"相看掩泪情难说,别有伤心事岂知",人生交谊自
有深浅厚薄、神交形往之别,同悼亡友,掩泪伤心虽则相
通,然而新朋终暌隔于老友的情怀,是所谓"情难说"、
"事岂知",言浅意丰,语挚情遥。元、白二人"死生契阔
者三十载,歌诗唱和者九百章"(《祭微之文》),故居易
坦言自己"独知其心"。元稹尤长于诗,以至乐府传播,
宫中呼为"元才子",居易则云:"观其述作编纂之旨,岂
止于文章刀笔哉?实有心在于安人活国,致君尧、舜,致
身伊、皋耳。"元稹春秋五十三,"年过知命,不谓之夭",
虽谪宦瘴乡凡十年,却能"位兼将相,不谓之少","然未
康吾民,未尽吾道","时行而道不行,身遇而心不遇",
因此"通介进退,卒不获心"(《元稹墓志铭》)。元稹
"不足"、"未了"之济世"心",实有赖于居易发萌而后

显,乐天痛惜元稹之"伤心人别有怀抱",他人亦未必能理会知晓。

《北梦琐言》卷六《白太傅墓志》云:"白太傅与元相国友善,以诗道著名,时号元白。其集内有诗挽元相云:'相看掩泪俱无语,别有伤心事岂知。想得咸阳原上树,已抽三丈白杨枝。'洎自撰墓志云:与彭城刘梦得为诗友。殊不言元公。时人疑其隙终也。"(清吴乔《围炉诗话》卷三仍有此说)按此非墓志语,乃在《醉吟先生传》中。传末云:"于时开成三年,先生之齿六十有七。"则是元稹之殁已久。其言与僧如满为空门友,韦楚为山水友,梦得为诗友,皇甫朗之为酒友,皆就当时在洛阳之人而论,自不应复及死者。并且乐天晚年哭元稹诗作甚多,如大和七年《闻歌者唱微之诗》云:"时向歌中闻一句,未容倾耳已伤心",开成五年《梦微之》诗云:"夜来携手梦同游,晨起盈巾泪莫收",会昌二年《哭刘尚书梦得二首》其一云:"贤豪虽殁精灵在,应共微之地下游。"感悼凄怆,如在初殁。哭梦得诗之后又有《感旧》诗云:

晦叔坟荒草已陈,梦得墓湿土犹新。微之捐馆

将一纪,朽直归丘二十春。城中虽有故第宅,庭芜
园废生荆棘。箧中亦有旧书札,纸穿字蠹成灰尘。
平生定交取人窄,屈指相知唯五人。四人先去我在
后,一枝蒲柳衰残身。岂无晚岁新相识,相识面亲
心不亲。人生莫羡苦长命,命长感旧多悲辛。

此"岂无晚岁新相识,相识面亲心不亲",正可作"相看
掩泪情难说,别有伤心事岂知"的注脚。元白情感之诚
笃,可谓终生不渝。这些哀悼诗章,非乐天不能作,非微
之亦不能令乐天作。浅人不乐成人之美,妄构"隙终"
之诬,殊为可恨。

《中国古代文史经典读本》（文学类）书目